どうする足軽文左衛門

物忘れ奮闘記

松村勝正

文芸社

目次

安穏な日常の変化、妻が認知症の兆し

「今日は何曜日？」と朝から大きな声で妻の悠香（ゆうか）が、夫の武夫（たけお）に向かって言った。

武夫はまた同じことを言っている、と少し眉間に皺を寄せて「昨日が土曜日で、息子たちが遊びに来たでしょう」、そう言うと「そうだったね、日曜日なんだ」と自分の物忘れがひどくなったことを棚に上げて自然体を装った。

梅雨が明けて、陽ざしが眩しいほどに庭一面に降り注いでいる。

庭の周囲に植えた紫陽花の花が、梅雨の間にいっぱい水分を吸収して元気よく赤、青、そして白い花を誇らしげに、少し上向き加減に咲いている。

十年くらい年月をかけて妻の悠香が、自分の好みの紫陽花の花を集め、庭いっぱいに植えた。全部で五十本はある。

この時期になると、家の前を通る人が見事に咲いた花をスマホで撮影したり、花に顔を近づけて匂いを嗅いでいる人もいた。

武夫は最近妻の様子が少し変だ、と気づいていた。一番の変化が曜日感覚だ。武夫が会社勤務から解放され、「毎日が日曜日」の生活を送っていると、曜日を意識する感覚が薄れてくるのも理解できる。だから曜日は、テレビ番組で気づくことが大きい。新聞は経済紙を読んでいるが、妻の悠香はテレビ番組表ぐらいしか見ていない。世の中の情報は全てスマホが代行してくれている。

物忘れの始まりは、何も曜日だけではない。先日も朝食事のとき、「今日は天気がいいから、ベッドのシーツを洗おうか」と言いながら、毎日付けている日記帳をめくりだした。前回の洗濯日を見つけたのか、「一週間前だよね」と武夫の方を見ながら同意を求めていた。すると武夫が「二日前に洗濯したよ」と即座に言い返した。

妻は「どうして分かるの」と問い返した。

武夫は「二日前のことだから覚えているよ」と応えたので、悠香は「じゃあいいか」と、日記帳を閉じて台所へ移動した。

武夫は、毎日何度か起こる物忘れの押し問答に内心辟易しながらも、この先もっと悪い方向に行くことに不安を覚えた。

冷静に過去を振り返って、妻の変化の兆しがいつごろか思い出してみた。武夫には一つの分岐点と思えることが思い当たることがあった。それは妻が膝関節リウマチになり、膝の手術で金属を装着して以来、歩く歩幅が小さくなり、痛みも完治しないまま数年経過したころだった。それ以来だんだん外出を嫌がるようになり、家にいる時間が多く、運動不足が遠因ではないかと推測していた。やはり運動不足だと、筋肉の衰えや視覚から脳を刺激することが少なくなったと、素人考えをして推理していた。

今後のこともあり、専門病院で診断を受けるにしても、医者が状況判断をしやすいように悠香の言動の記録をノートに取ることにした。

武夫の家族には、認知症だと診断を受けた人はいない。遺伝性があるのか定かではない。武夫は自分が、妻の日常の言動でおかしいと思える事例をノートに記録を取ることに、何か犯罪捜査でもしているような気がして、本当は気が進まなかった。妻に対しても悪いことをしているようで、見つからないように隠れて記録を取った。

このような行為は、武夫にしてみてもストレスが溜まるので本心は避けたかった。

悠香は今、七十五歳で、武夫は七十六歳。残された健康年齢があと何年あるか、自分に問い掛けてみることがあるが、悠香の物忘れ状態が今後も続き、いつの日か自分も同じ症状が出始めたらどうなるのかと考えるだけで目の前が暗くなる。

医療の現場では研究が進んでいるようだが、そんなに簡単な新薬の開発ではないみたいで、自分たちが恩恵にあずかれる日が訪れるのか期待値だけがある。

武夫が六十六歳で会社勤務を離れてから、すでに十年が過ぎていた。

武夫は会社勤務から解放されたとき、悠香と約束をした。それは、これまで家庭内の家事一切を悠香が守ってくれて、武夫が無事長年の会社勤務を全うすることができたことに対しての恩返しみたいなものだった。

だから、悠香を家事仕事から解放してあげることにしたのだった。

約束をしてから、家事一切を武夫が引き継いで十年の月日が経ち、三食の献立から買い物、料理、そして後片付けまでやることで、意外と脳トレになっていることに気が付くことがある。

悠香が家事全般をやってくれていたころは、当たり前のように食卓に出てくる料理を食べていたが、いざ自分が主役になりキッチンに立ってやってみると、献立を何にするかが大きな障害になっていた。武夫は料理をすることが嫌いではなかった。子供のころから、母親の側でお手伝いをするのが好きな子供だったから。

悠香が、物忘れが多くなってきた要因の一つに、食事の支度、という大きな仕事が抜けたことで、責任感の欠如と時間管理や献立などの脳トレが休息してしまったことになり、小脳を刺激することの減少に繋がったと自己評価している。

昨日も、こんなことがあった。夕刻八時ごろに「明日は歯の定期検査で、朝九時ごろに出掛けるよ。昼ご飯は冷蔵庫に入っているからお茶漬けでもして食べてて」

「私のことは大丈夫、何時ごろ帰ってくるの？」

武夫は「多分午後の三時ごろまでには帰れると思うよ」と、ごく普通の会話のやり取りがあった。

翌朝七時ごろ、武夫が出掛けるため保険証、診察券、時計、スマホ、Suicaと揃えていると、悠香が「どこかへ行くの？」と聞いてきた。

武夫は、またきたかと思いながら悠香に向かって「昨日言ったでしょう、歯医者だよ」と、つっけんどんに大きな声で返事をした。

武夫は、これまでも悠香がとんちんかんなことを言うたびに「バカなことを言うんじゃないよ」と、けなした言葉を投げていたが、冷静になったときに反省して、相手への思いやりの言葉を使うべきだと、その都度反省する。

でも、とっさに冷静な判断ができないのは、自分の人間性が未熟である証拠だと自己反省に陥る。

悠香は普段、足が膝関節リウマチで悪いので、家の中での行動が主体になる。日常時間がたっぷりあるので、スマホをいじっていることが多い。

特にユーチューブを見るのが好きで、音量を小さくして長い時間眺めている。武夫は、そんな悠香の行動を気にすることもなく、好きなようにさせていることが多い。

問題は、宅配便が自宅に届き、中を開けてみると見知らぬ名前の化粧品が入っていたことが何度もあった。

それで何気なく武夫が、悠香に「こんなものが届いたよ」と商品を見せると「何？」と初めて見るような顔をした。同封されている伝票を見ると、依頼人に悠香の名前が印刷してあった。よく見ると、定期便の注文でこれから毎月届くらしい。金額は、消費税込みで9500円とある。

武夫は悠香に聞いた。「この化粧品は必要なの？　化粧品は洗面所の棚に売るほどあるよ。注文したの？」

悠香は素知らぬ顔で「覚えてない。何で送られてきたのかしら」と、とぼける。「こっちが聞きたいよ。これキャンセルする？」「いいよ」と、こともなげにさらりと言うので武夫は拍子抜けした。

「それじゃ、私から中止の電話をするよ」

「お願いします」

すぐに武夫が送り先の会社に電話して「今日届いた化粧品を次回発送分から止めてほしい」と告げると、相手のオペレーターは「登録の電話番号を教えてください」と言う。とりあえず家の固定電話番号を伝えると「その番号ではないようです」と返事がきた。

そしてオペレーターが「ご本人様はいらっしゃいますか」と言うので、武夫は「本人はおりますが、物忘れ症状がひどいので私が代行しています」と答えると、「分かりました。調べましたところ、注文はインターネットからで、登録電話は悠香様の携帯です」。「そうですか、本人は注文した覚えがないと言っていますので、次回から解約にしてください」とお願いすると、「少しお待ちいただけますか。上司に確認してみます」と言って数十秒空白の時間が過ぎた。

やがてオペレーターが「お待たせしました。今回特別措置で解約を承ります。本来は初回、特別価格で出荷していますので、最低三回の受け取りの縛りがございますので、今後注意してください」と釘を刺された。

武夫は最後に「了解しました。ありがとうございました」と受話器の向こうに向かって軽く頭を下げた。

受話器を置いた後、武夫は「どうして必要としない化粧品をインターネットで頼むんだ」と声を少し荒らげて悠香に向かって言い放った。「分かった。もうしない」と、その場は収まったが、こんなことはここ数か月の間で五回以上続いていることに、どうしたものかと思案に暮れていた。

悠香自身、何も悪いことはしていないという感覚で、ひどいときは宅配便で化粧品が届いたときは「注文もしないのに何で届くの?」と、自分のやっていることが理解できていないことだ。

そんなときは、武夫は言い含めるように「注文もしないものが届くわけないでしょう。この前も、化粧品会社の受注記録が悠香の携帯番号だと言われたでしょう」と静かに話すのだが、悠香は「勝手に送り付けてきたのでしょう。詐欺の手口なのかもしれないね」と、とんでもないことを言う。

「バカなことを言うもんじゃないよ」と、武夫は開いた口が塞がらなかった。

武夫は、これまでの悠香の尻ぬぐいで、キャンセルしたいろんな化粧品の配送伝票を、今後の証拠として取って置いている。あまり抑止の効果はないと思うが、自分への慰めのためにでもある。

悠香の物忘れがひどくならないうちに、何か手を打ちたいと思い、そこで武夫が利用している処方箋薬局に常備してある「自由にお持ちください」と記された認知症読本の小冊子を手に取ってみた。ページをめくると、相談窓口の医療機関が掲載されていた。家に持ち帰り、悠香の目の届かない書斎のデスクの引き出しにそっと忍ばせておいた。

武夫も積極的には、医療機関に関わりたくはなかった。「認知症」という病名に、なんとなく暗いイメージがあるように思えたからだ。

昔、武夫が子供のころ、母から「知り合いのおばさんが、認知症で家族の知らない間に家を飛び出し、見知らぬ地域へ徘徊して困っていた」と聞いたことを思い出した。そしてそのおばさんが、こともあろうに服も身に着けないで下着のまま、うろついていたというから、怖い話だ。昔は認知症という病名はなく、別の呼び名で呼ばれていた。

誰しも年を取ると物忘れがひどくなる。それでも昔の事は意外と覚えていて、逆に最近の事や、目の前の事の記憶力が低下する。昔の事は忘れても、誰も生活には困らない。今起こっていることの記憶が飛んでしまうと、人間は相手に対して苛立ちを覚える。

会社を退職して十年も経つと、昔の同僚たちとの会合が待ち遠しくなる。コロナ禍で三年間OB会を開いていない。そんなとき、幹事の一人から、コロナが少し下火になったのを機に集まりましょう、と声が掛かった。武夫もOB会メンバーに出席の意向を確認するメールを十名ほどに送信した。

程なく、同僚の相川さんから返信があり「OB会の案内を受け取りました。ありがとう、でも残念ながら私は妻の介護のため、夜家を空けることができないのです。皆さんによろしくお伝えください」とあった。武夫は「妻の介護のため」の部分に何、と引っかかった。そしてメールを返信し、「OB会欠席とのこと、残念です。奥さんの介護と書いてありましたが、大丈夫ですか？　お大事に！」と気持ちを伝えた。

すぐに返信が来た。「最近、妻の物忘れがひどく、医者の診断を受けたところ、認知症ということで要介護1の診断を下されました。だから自分が会社勤務時代、妻が家の事を全て守ってくれていたので、今度はパートナーとして自分が恩返ししようと思っています」と書いてあった。武夫は、パートナーとして妻への恩返し、という言葉が胸に刺さり、果たして自分が悠香に対して優しい気持ちで接しているだろうか、と自問自答してみた。

物忘れでその場に接したとき、時に声を荒らげて悠香をののしっていないか、少ししんみりと反省するのだった。

身近な人が物忘れや認知症と聞くと、他人事ではなく自分の事のように思えて、悠香にも前の症状からして、今の状態でせめて止まってほしいという気持ちがあり、先日処方箋薬局で手にした医療機関の小冊子を眺めて、自宅から近い医療機関に診断を仰ぐことを考えた。

しかし、悠香にどういうふうにして話をしていいのか思案しても分からない。それに多分、悠香は病院に行くことを嫌うだろう。まして認知症の診断、なんてことは「私は認知症ではありません」と、きっぱり言うに決まっている。だから、話の持っていきようが大事なのだ。相手を傷つけることなく、軽い気持ちで受診する話し方を武夫は思案した。

ある日、悠香の気分が良さそうな時間に、「近くのスーパーの前の脳外科クリニックでMRIを受けてみようよ、何かが分かるかもしれないよ」と悠香の反応を窺うように恐る恐る話してみた。

悠香は、「以前、人間ドックでＭＲＩを受けたことがある」と言っていたし、拒否反応はなかったようなので、武夫は安心した。「今週、スーパーに行くついでに寄ってみよう」と勧めた。

悠香は、少し不安があるのか、「貴方も一緒に行ってくれるのでしょう」と武夫に念を押した。

「もちろん、病院には一緒に行くよ」

当日、脳外科クリニックの受付で「認知症の診断でＭＲＩを受けたい」と言い、保険証の提示をして、待合室の椅子に座って待つことにした。待合室には先客が三名いただけで、すぐに名前が呼ばれた。診察室で、武夫はこれまでの悠香の症状を記録したメモを先生に手渡した。

先生はそれに目を通しながら、「ＭＲＩをする前に、簡単なテストをしますからお答えください」と言い、一枚の紙を悠香の目の前に出して「七つの絵がありますね、よく覚えておいてください。後で伺いますから」と数分後にその紙を取り上げた。

次に、「１９０から順に7を引いてください」。五回くらい試みると「ハイ結構です」と静かに言った。

「それでは、先ほどの紙に書いてあった絵を言ってください」と記憶力の診察だった。

看護師が「ＭＲＩの準備ができました」と診察室の中に声を掛けてきたので、検査室に入った。

十分ほどで悠香が検査室から出てきた。「どうだった?」と武夫が聞いた。

「あっという間に終わった」と言い、待合室の椅子に腰掛けた。

悠香にしてみると、一つの区切りがついたと思い、少し安堵の気持ちになって、待合室を見渡す余裕があった。

しばらくして看護師が名前を呼んだ。悠香と武夫は診察室へ入った。

先生にお辞儀をしてから、勧められるまま椅子に腰掛けた。

先生はパソコンの画像を見ながら、ポツリと「やはり側頭葉の海馬への血流が減少していますね。血流改善の薬を出しますから、最初の十日間は5ミリから十日過ぎから10ミリの薬を処方します。この薬は副作用がありますので、抑止する薬も一緒に出しておきますから」と言った。

武夫が「先生、どんな副作用があるんですか?」と尋ねた。「むかつきとか吐き気ですね」と医師。

さらに武夫が「新聞やテレビで、アルツハイマーに対する新薬の承認がされたと言われていますが、この新薬は効果があるんでしょうか?」と訊ねた。

「いや、この新薬は物忘れや認知症の改善には期待できません。いずれにしても、症状の進行を抑えることを目的にしていますから、改善するような新薬は今後に期待するしかないですね」と医師は、淡々と話をされた。

「分かりました」と、武夫と悠香は頭を下げた。

「では、一か月後に薬の状態を報告してください」

病院を後にして車で自宅に帰るとき、同僚の相川さんが、「妻が認知症で要介護1なんだ」とメールに書いていたことが気になった。要介護1とは、どんな状態なんだろうか、悠香の物忘れ症状と比べて何が違うんだろう、と新たな疑問が湧いた。でも、そこまでの詳細を相川さんに訊ねるのは気が引ける。

日本人の平均寿命が、八十歳を超えたと言われる今日、年を取ると誰しも多少なりとも物忘れや記憶力の低下は致し方ない。武夫は以前から人生六十歳を境に下り坂になり、引き算の「人世」が待っていると思っている。残された人生をどう生きるか七十六歳を超えようとしている身で、身辺整理だけは少しずつ進める準備をしている。

二人の子供たちへの遺言書も、信託銀行の遺言信託で現存の不動産や有価証券などを相続税の事を勘案しながら効率よい比率に設定していただいた。家財の中で不要と思われる物、例えば夫婦二人で生活するに十分な物品だけにしようと、できるだけ目をつぶって廃棄処分を進めている最中だ。俗に言う断捨離だ。

しかし、いざ捨てる段になると愛着があり、廃棄しようとする手が止まる。先日は、本棚の整理をしたが、思い入れのある書物は二度と読むことはないと分かっていても捨てる気になれない。でも三分の一くらいは廃棄した。少し本棚にスペースができた。

同様に、台所の食器棚も開けてびっくり、なんと数量が多いことか。何を処分するか優先順位が難しい。結婚してほぼ五十年だから、思い出が詰まっているのは致し方ない。そこで、ここ一年間の間で使用していない什器は廃棄すると決めて、作業に取り掛かったが、やはり器のデザインや絵柄など見ていると、せめて一時的にでも取っておきたくなる。迷いのるつぼにはまってしまう。

断捨離という言葉をよく聞くが、「断つ」「捨てる」事の難しさを実感することが多い。

今家の中にある物は全て、何かの縁でここに存在している。だからそう簡単に断ち切れないのが人間の性なんだ、と言い聞かせながら、少しずつ二歩前進、一歩後退の進捗で進んでいる。

　生活に最低必要な物品だけあれば、日々の生活には困らないだろうが、無駄と思える品物が家庭内にあることで、家の中が彩られているような気がする。

　先日も、下着類が収納してある押し入れのタンスを見て、ビックリ。下着類の枚数の多さに、つい断捨離をしたくなり、必要な好みの下着の枚数三、四枚を残し他の全てを処分することにした。ビニール袋に入れるとき、どれを見ても真新しく捨てるのがもったいないと思ったが、鬼になったつもりで袋に押し込んだ。

　こんな断捨離をしている姿を悠香に見られると横やりが入りそうで、一人静かに作業をした。70リットルの袋、二杯分だった。

　作業が一段落したころ、リビングに行くと悠香が「今日は何曜日？」と聞く。

「日曜日でしょう」と武夫が答えると「今晩のおかずは何？」「さっき昼ご飯を終えたばかりで夕飯のことまで考えていないよ。でも午前中に宅配便でデパートの外商に頼んでおいたグランドホテルのハンバーグが届いたとき、今夜はこれにするか、と言ったじゃない」とやり取りしたのだ。

「そうだったの」と悠香は初めて会話するようなことを言った。

武夫が「日曜日は、いつもより少し早めに夕食を済ませるでしょう。大河ドラマの『どうする家康』を見るために……」「分かった」と悠香がうなずき「テレビの始まり時間は、何時から？」と聞いてきたから「六時だよ」と応えた。

武夫が、NHKの八時から始まる総合テレビだと、他に見たい民放の番組とダブるため、あえて六時から放映するNHKのBSを見るようにしただけの話である。大河ドラマを最初から見始めると、どうしてもその展開を知りたくて、いつも日曜日の日課となっていた。

武夫も悠香も歴史もの、特に戦国時代の乱世を生き延びた武将たちの思考・行動に興味があり、特に信長、秀吉、家康の天下取りにまつわる物語が好きだ。

六時四十五分に放送が終わるが、その後武夫と悠香は、ドラマのまだ余韻が残る時間に三人の戦国武将のそれぞれの決断や判断に至る家臣たちとの会話について議論することがある。

武夫が「今日の脚本の中で、明智光秀が信長を討つと決断した経緯が曖昧で、何が光秀をそこまで思い込ませたのか？　誰かに相談したのか？　それとも独断だったのか、今もって謎で解明されていない」と独り言のようにつぶやいた。

悠香が「私は、光秀は公家衆と仲が良く、信長のような荒武者とは育ちが違い、信長に他の家臣たちの面前で罵倒されたのが耐えられない気持ちで、恨みがつのっていったと思う」と、まともな解釈を投げかけた。

「ところで、貴方は三人の戦国武将の中で誰が好きなの」と聞いてきたので、とっさに「秀吉かな。彼は田舎の百姓の出で、信長に足軽の身分から仕えた努力の人。そんなところに惹かれるな」。

悠香は「秀吉は頭が悪そう、ただ運が良かっただけじゃない。光秀の謀反を聞きつけ最初に駆け付けることができ、打倒することができたから」。

「チャンスを生かすのも実力のうちだよ」

「家康はその時、何をしていたんですかね」

「家康には、元来リーダーシップがあったとは思わないね。周囲の顔色を見て、家来衆の意見を自由に述べさせて、その中から役に立ちそうな意見を自分の発想として決断していた人物として映っていたよ」

悠香が「ビジネスの社会でも、そんなタイプの上司がいたよ」と、実社会で家康型の人物のような人がいるのに触れた。

「そうか、それも生き方の処世術の一つだね。僕にはそんな振る舞いはできない」と武夫は実感のこもった言い方をした。

「信長は人生五十年と言いながら死んでいったから、今で言う若死にだよね。彼は、実力があったかもしれないが、あまりにもワンマンであったから敵も多かった。現代の会社でも、地位を笠に着て威張り散らしている上司をたくさん見てきたよ。位が上だから指示には従うが、腹の中ではいつもバカにしていたよ。そういう上司は、人間性がなく、魅力を感じられない」

武夫はさらりと過去の経験値から感想を述べていた。

悠香が「秀吉は世渡りがうまかったね。身分が低く、また学もないから顔色を窺って、相手が今何を欲しているかなどを見抜き、すぐ行動に移すことが得手だったと思う。身分が低いから、誰かのために尽くすんだということがいつも頭にあった。現代風に言うと、おもてなしの心を心得ていた人物よ」。

「うまいことを言うね」と悠香を持ち上げた。

そして「家康は、僕には優柔不断な性格が、かえって敵も作らず日和見しているうちに天下を手にした、幸運の持ち主だったと思う。現代の会社でも人の意見を聞く上司は、皆から支えられる一面があり、安定感を求める経営にも通じるのかなと思う」と続けた。

悠香が「秀吉は天下取りでいいところまで行ったが、詰めが悪かったね。先ほども話に出ていたけど、百姓の出で武将たちとの交流が少なく、自分が足軽から一歩ずつ出世街道を上がっていったのは、努力の賜物だった。ただ、秀吉の身辺を身内で固めたため、適材適所の組織を組むことができなかった。血縁の繋がりは一見頑強に思えるが、情に左右されることが多く、時にマイナスとなることもあったと思う」。

「なかなかいい点をついているよ。今日は冴えているね！　いつもの物忘れとは見違えるようだよ、薬が効いてきたのかな」と茶化した。

悠香が「戦国時代にも、今で言う認知症みたいな症状はあったのかしら」と訊いてきた。

「あったと思うが、昔の平均寿命は五十から六十歳くらいだったから、大方の人は認知症になる前に一生を終えていたんだよ。だから大きな社会問題にならず、歴史の記録にも残っていないんだ」

「もし認知症や、物忘れ症状が生活に影を落としていたなら問題だし、でも早死にしていたことからか、かえって嫌な思いをしないで幸せだったかもしれない」

「でも、ある書物なんかでは、戦国時代の高名な武将の中にも症状が疑われた人もいたらしい」

「話は違うけど、戦国武将の三人の中で最後に天下を治めたのは家康でしょう。それでよかったのかな？　貴方は誰が天下人になればよかったと思う」と急に変化球を投げてきた。

「結論から言うと、家康が天下人になったのは、側室に子供をたくさん作らせ、家康の後継者を育てたからだと思う。信長も男子の後継がいたが、あまりにもワンマンで実力を独り占めしていたから子供たちへの教育ができていなかったし、本人が早死にしたのが織田家の衰退に繋がった、と思う」

「じゃあ、秀吉は？」

「彼には子供がいなかった、そして年を取ってから淀殿との間にできたが、あまりにも遅過ぎた感がある。秀吉は成り上がり大名の典型だから、どうしても周囲からよく見てもらうために、常に背伸びをした政策をして目立とうとしていた。多分、現代に置き換えても、経営者の参考にはならないような気がする。僕が経営者なら家康タイプの道を歩むだろうね」

「天下人か」と悠香がため息交じりに一言ぽつりと言った。

悠香と武夫は、しばらくの間、黙ってテレビの娯楽番組を眺めていた。

急に武夫が「運だね」とつぶやいた。続けて「そして戦国時代には、これまで話に出てきた三人の武将以外にも甲斐国(かいのくに)や越後にも大物大名が控えていたが、いかんせん京の都には遠過ぎた。この地理的な点からして信長、家康、秀吉は、それぞれ京に近く都の情報も入りやすかった。この地の利が〝運〟なんだよ。現代社会でも運を味方につけないと勝ち目がないと言われるゆえんだね」と悠香が、この話題のクロージングをした。

「なんか結論が出た感じ。今晩の大河ドラマが楽しみだね」と話した。

武夫は数日前に相川さんから受け取ったメールのことが気になっていた。それには彼の奥さんが、認知症の初期の症状が出始めてから、これまで自分が勤務時代、陰で支えてくれていた妻への恩返しの意味で、食事の当番を買って出たとの経緯が書いてあり、これまで食事を全て任せていた手前、果たして何が自分にできるのか不安になり、住まいの近隣の地区センターの料理教室への申し込みをしたらしい。

武夫も同様な立場になっており、どんなことを習うのか気になったのでメールで聞いてみたのである。

相川さんからの返信には、料理教室への参加者の大半が男性で、年齢もまちまちだが、六十から七十歳前後が多く、総勢二十名くらいの生徒で、最初は包丁の使い方から始まり、ダイコンやニンジンのカットの練習をするらしい。先生のお手本を見ながら、危ない手つきでゆっくりしたペースで包丁を使っていたそうだ。

本格的な料理レシピは、第三週目から始めるらしく、料理プログラムには、家庭料理の定番である、肉じゃが・野菜炒め・ポテトサラダ・天ぷらなど約二十種類ほどがリストアップされていたそうだ。相川さんも夫婦が生きていくために、自分が身に付けなくてはならない一つとして真剣に取り組んでいると、最後を結んであった。

武夫は普段の相川さんを知っているので、料理教室での包丁を持って、まな板に向き合っている姿を想像しただけで滑稽だった。

武夫自身は、子供のころから母親の側で料理を作っている様子をよく見ていたので、料理には自信があって、会社を引退した後は自分から食事当番を買って出たぐらいだ。

武夫は悠香への恩返しのつもりで食事当番を引き受けて約十年になるが、悠香から仕事を奪ったがために、最近になりそれがキッカケで物忘れや認知機能の低下が現れたのではないかと、疑っている。でも、いまさら食事当番の仕事を元に戻すとは言えない。一度立ち止まって冷静に考えると、食事の支度はある意味、頭の体操になっていて適度に脳を刺激しているのではないかと、一人で定義づけしている。

大河ドラマへの興味が誘った夢の時代へ

武夫は第一線で仕事をしていたときが、一番生き甲斐があったと、その当時を懐かしく思い出すことがある。二人だけの生活には、変化がないから時間の費やし方が難しい。どうしてもだらだらとテレビの画面を見るだけで時間が過ぎてしまい、真剣に身を入れることが少なくなった。

リクライニングの椅子にもたれて、足を伸ばしテレビ画面を眺めていると、いつの間にか目を閉じている。時たまテレビの音量で目が覚めることがあるが、若いうちにはなかった現象だ。老いの過程にあるような気がして一層のこと、断捨離や終末整理みたいなことに考えが傾いてしまう。

二人の子供たちが、しっかり生きていけるように財産分与の遺言信託や連絡帳を作成してみたり、自分の死後のことが気に掛かる。

健康年齢が、後どのくらいあるか分からないが、残された人に心配をかけることだけは最小限にしたいと思っている。

武夫は人一倍心配性で、将来のことまであれこれと問題にして一人で悩む癖がある。今日、悠香と議論した戦国大名たちの生き様は、その当時の武将たちには情報網に限りがあり、忍びを各地に派遣して情報を集めていたことを考えると、それらの情報が必ずしも正確であるかは不透明であり、武将たちがあれこれと詮索する場面となる。

現代社会は情報があふれていて、複数の情報源から正しいと思える事実を採択することが賢明だ。昔のように情報源の正確さを疑うことはなく、神経をすり減らすことは少ない。

ここ数年は、大河ドラマは習慣として見ていなかった。しかし武夫が、今回のドラマのタイトルが『どうする家康』で、家康の幼少期から天下人になるまでを戦国武将の織田信長、豊臣秀吉との関係性を表現する、と新聞の解説を見て年初から視聴が続いている。

乱世の戦国時代の歴史物語は、書物などで大体のあらすじは分かっているが、物語の展開が速いので楽しい。

武夫がソファに深く腰を掛けて物思いにふけっていると、悠香がテレビを見ながら「お米を洗った?」と聞いてきた。壁掛け時計を見ると午後の四時だった。

なんでそんなことを聞くのかと思い「どうして」と言うと、「いつも、この時間にお米を洗うでしょう」と悠香が言う。

「違うでしょう。今日昼ご飯のとき、今晩は大河ドラマを見るから、冷凍したご飯にするよ」と言ったはずでしょう。

「そうだったね」とそっけなく言い添えた。

食事当番は武夫がすることになっているが、日曜日の夕食は手の込んだ料理はしないのが慣例になっていた。六時前には夕食を済ませて、後片付けまで済ませ、ソファの前にゆったりと座り落ち着いてドラマを見たいからである。

武夫は時々大河ドラマを見ていて、脚本家はどこまで歴史の事実を反映しているのか気になるものの、娯楽だから曖昧な歴史は想像部分も挿入されていると解釈している。そうでないと、テレビの影響力は大きいので視聴者、特に若い人たちはテレビの画面が歴史を語っていると思い込むかもしれないのだから。

六時から始まるNHKのBS放送が、いつもの聞きなれたイントロの音楽で始まった。

武夫と悠香は四十五分間、ドラマが終わるまで一言もしゃべらなかった。

武夫の日課は、好きなテレビ番組を見ながら、夜十一時ごろには自然に瞼が重くなりベッドに行くことが多い。自分では自覚していないが、悠香からは、ベッドに入ると五分後にはイビキが聞こえるから、本格的な睡眠モードに入っていると指摘される。

原因を調べたことはないが、武夫は最近、特に夢を見ることが多くなったような気がする。この日も瞼が重くなったころに、自室のベッドに滑り込むように、いつもの睡眠姿勢の左肩を下にして抱き枕に足を絡ませて眠りに就いた。

しばらく静寂の時が過ぎた……。

時は戦国へ　農夫との出遭い

そこには田園風景が広がっている。皆、疲れ果てて美濃国から帰ってきた。美濃攻めに、文左衛門が出兵したのは二週間ほど前だった。目的を果たし、勝利して伊賀の山城に疲れ果てて帰ってきたのである。文左衛門を始め足軽たちの装備は、いたるところが破れ、泥んこ状態で、顔には擦り傷やけがの跡が、いまだ生々しく残っていた。

伊賀の山城に着くと、城内の年寄りや女たちが、それぞれ笑顔で出迎えてくれた。

文左衛門には城内に知り合いがいない。文左衛門は山城の城主の先代のころから城から離れた湖南地方に住んでおり、戦の時は遠路から駆け付けていた。ここの山城の城主は、元は忍びの首領でだんだんと勢力を伸ばし、伊賀地方から湖南地方までを治めていた。

伊賀の地形は複雑で、雑木林で覆われた山林に広がっており、そして起伏の激しい地形であり、地元の部族や住民でないと道に迷うぐらいだ。戦国の時代でも大名たちは、いかにして伊賀や甲賀の忍びを味方につけるかが腕の見せ所で、どこの大名も情報源に忍びを相手陣地に密かに入り込ませ最新の情報を得ていた。

凱旋(がいせん)の際、戦での勝利を祝って城主が宴を開いた。城とは名ばかりで、掘っ立て小屋を大きくした屋敷に五百人余りの部族が集い、夜が明けるまで飲み明かしていた。

翌日、文左衛門は戦で使った武具一式を手入れして、足軽大将に預けた。武具の保管は、係の者が名札を付けて保管する仕組みであった。文左衛門が借りた武具は陣笠、胴鎧、下半身に付ける〝くさずり〟、そして〝こて〟などの一式。これらの装備は、武将たちの物と比べて材質が質素であり、事に及んだ際に足軽たちには貸与された。武将たちは自分の屋敷に持ち帰り、いざ戦の号令が掛かれば、素早く身支度をして城に駆け付けるが、足軽たちは野良仕事着のまま徒歩で駆け付ける。

文左衛門は武具から平服に着替えると、城の台所で昼飯の握り飯を大事そうに笹の葉でくるんで、竹筒に水を入れて腰にぶら下げ城を後にした。

城門を出て湖南地方を目指し、てくてく歩いた。陽が少し傾いたころには、田畑が広がる農道を歩いていた。周りを見ても誰もいない、一面に稲穂が青く広がる田園、鳥の鳴く音すらしない静けさがあった。

　農道の少し盛り上がった石に腰掛けて、腰にぶら下げた竹筒を手に取り、口に含んだ。そして、お握りを左手に持ち、旨そうに大きな口を開けて頬張った。塩が利いた握り飯が、歩き疲れた身には活力になった。

　腹ごしらえの後、記憶が遠のくように眠くなり、先ほどまでの農道に横になって休息を取っていると、遠くから足音がして人の気配を感じた。音のする方角に目をやると、農夫が鍬を肩に担ぎ右手を添えて文左衛門に近づいてきた。文左衛門は横になっていた体を起こした。農夫は「どうなさった」と聞いたので「今、山城から出てきたとこだよ」と、はっきりしない頭で応えた。

「どこへ行っていたか」と笑みを浮かべながら問うから「美濃だよ」と応えると、「ご苦労さまだね。わしは、このように左手が不自由なもんで戦の役には立たんよ。ところであんたは、これからどこへ行きなさる？」と問うた。

「家に帰るで」

「どこの村なんかね」

「忘れてしもうた」と、文左衛門は先ほどまでの寝惚け眼(まなこ)で笑ってごまかした。でも、それは事実だった。この時、記憶が飛んでしまっていたのだ。

「冗談だろう」と、農夫が文左衛門の顔を覗き込むようにして体を傾け訊ねた。

「城を出て西の方角だろうと思い、ひたすら歩いてきたんだ」

「おぬしの名前は、何と言うかね？」

「わしは文左衛門と言う」

「何と、農夫とは思えん高貴な名だね」

「昔、親の代に先代の山城の城主に仕えていて、城主から名前を賜ったと聞いている」

「そうか、多分父上はいい働きをしたからじゃろう。それに家に帰る道が分からねえと困るでしょう。わしの家に来ないか？　わしの名は平治と言うんじゃ。若い時は、足軽で戦にも行っていたが、戦場で左手を負傷してからは、お役御免で、今は農業に専念しとる」

「ありがたいね」と文左衛門が応えると、農夫が言った。

「しばらくすると思い出すでしょう。わしの家には、嫁の志乃と子供が二人いるだけで、あんたの寝床はあるから、心配するな」

「平治さんと言うたかね、あんたの年はいくつかね？」

「わしの年か、もうすぐ五十だよ。ところであんたは？」

「わしは五十を少し超えたところだと思うよ」

「向こうに長屋が見えるだろう、あの右端がわしの家だよ」

「わしが行くと、平治さんの家族がびっくりするだろうよ。変な爺さんを連れてきたと」

「何とも思わん、嫁も子らも大人しいから」

文左衛門は頭を二度三度下げて恐縮しながら言った。

「わしは五体満足で健康だから、農作業を手伝うよ」

「そうしてくれたら助かるよ。自分は左手が不自由で、作業がはかどらないときは、子供たちに助けてもらっている」と言いつつ、間もなく長屋に着くと「志乃！」と、大きな声で嫁の名を呼びながら家に入った。

文左衛門は、遠慮がちに家の外で待っていた。平治が嫁を伴って出てきて、二人して「早う入りなさい」と志乃が手を差し延べた。少ししてから、背の高い若者が目の前に現れて、「弥七と申します」と頭を下げた。すると平治が「次男の源は、今近くの寺に行っている。寺の住職に読み書きを教えてもらっているのだ」と、文左衛門に言うでもなくつぶやいた。

いまだこの段階では、平治は文左衛門がどうして家に来たのか、詳しく嫁たちに話していないから、平治が客人を連れてきたと思っているようであった。

嫁の志乃が、鍋に入った水と布切れを文左衛門に差し出しながら「これで、旅の汚れを落としてくださいい」と、優しい仕草で土間に置いた。

文左衛門は、汗ばんだ顔と手足を水に濡らした布切れで拭きながら「先ほど農道で休んでいたところ、平治さんから声を掛けられて、ここに来てしもうた」と、小声で応えた。

志乃は平治から経緯を聞いていないので「どこの村の方ですか？」と改めて聞いた。文左衛門は、少しはにかみながら「自分の村の名前が思い出せないのです」と、言うしかなかった。

「それは大変ですね。どちらの城の方かね？」

「伊賀の山城です」

「あそこの城主は、人使いが荒いと聞いています。戦場では大変きつかったでしょう」

「わしら足軽は、消耗品ですから、覚悟していますよ」

「物忘れは、きっと戦場での打撲や衝撃で頭を強く打ち付けたのかもしれませんね。思い出すまで、ここでゆっくり休んでいてくださいや」

「ありがとうございます」

この戦国時代は、人生五十年と言われるぐらい平均寿命が五十から六十歳の間ぐらいだから、大半の人は文左衛門のように記憶喪失になる前に寿命を全うしている。だから、世の中で大きな問題にはなっていなかったのは、当然だった。

志乃は、文左衛門の記憶喪失の事実を目の前にして、自分にも当てはまることがあると認識しており、恥ずかしさもあって、そんな事例を言うことをあえて避けた。

平治が二人の会話に割り込んできた。

長屋の家の造りは、家の中に入ると、特に仕切りがない間取りになっているから、話し声は皆に聞こえてしまう。

平治が「志乃も物忘れが、このところ多いよ。この前も田んぼの草取りをしていて、すでに終わった場所のことを忘れて、最初の列から始める始末で、『今回は草が少ないね』と独り言を言っている」と、口をついだ。

志乃も負けじと、「平治さんも、鍬を田んぼに忘れてくることが多いでしょう」と、お互い物忘れのことを白状しながら、文左衛門に気を使っていた。

平治たちが暮らしている村は、二十軒ほどの農家が手広く稲作や野菜を栽培して、山城の城主に納めていた。男子は十五歳くらいになると、農作業のないときは城下に出向き、武道の基礎的な訓練を受ける。娘たちは年頃になると、やはり城内で下働きをしていくらかの給金を貰うのが習わしだ。

　幸い、平治の子らは十五歳以上になっており、城内で武道に励むことも好きなようだ。家の中では、二人の兄弟はいずれも出世して足軽大将になることや、それ以上の武将に昇格することを望んで、山城の城主が仕えている羽柴秀吉様を手本にしている。

　台所では志乃が夕飯の支度で、何やらまな板の上で野菜を刻んでいる小気味のよいリズム音が家中に響いている。村は違っても、文左衛門の農家と住まいや食事の準備の様子などは同じで、懐かしそうに志乃の後ろ姿を眺めていた。

　農家の夜ご飯は、空がまだ薄明かりの間から家族みんなで囲む習慣がある。なぜなら、家の中では明かりが少なく、効率の良い生活の知恵なのだそうだ。だから寝る時間も早い。

　志乃が「夕飯ができましたよ」と、声掛けした。

「文左衛門さんも遠慮なさらないで、こちらへお掛けください」と、客人に勧める上座を指さした。「よろしゅうございますか」と平治の方を見て、小さく会釈した。

「どうぞ。今日一日は客人ぞ。遠慮なんかいらん。明日から家族同様に働いてもらいますからな」

平治の声に一同が笑いに包まれた。

平治が志乃に向かって「今日のごちそうは何じゃ」と聞くと「ご覧の通り、菜っ葉の煮つけとイモの煮つけです。それから自家製の漬物と味噌汁」と応え、「上出来です。有り難く頂戴します」と言って箸をつけた。

文左衛門が「美味しゅうございます」と言い、志乃の顔をじっと見た。

志乃は客人を迎えての食卓に、満足そうな表情を見せていた。

長男の弥七がご飯を一口食べてから、母に向かって「ご飯の水加減が少し多くなかろうか」

「そうかね。今日は人数が多いから水加減が難しかった」

「米一合に、水一合と言ったのを忘れた？」

「忘れていたよ。少しご飯が軟らかいね」

すると文左衛門が「わしにはちょうど良い加減じゃ。歯が悪いから軟らかいのが好みじゃから」と助け舟を出した。

傍らから平治が「志乃も物覚えが悪いのか、物忘れが進んだのかどちらかだな」

「他人様に迷惑かけなければ良かろう」と、文左衛門がまた助け舟を出した。

平治たちは、いつもの家族四人に客人一人のにぎやかな夕食となり、珍しく次男の源が「母上、大勢で食するのは楽しいです」と、口を添えた。

普段は、親子四人だけの食事は、話す話題が乏しいから静かな食事になっていて、短時間で終わってしまう。

「そうだね、いつもは黙って皆、箸を動かしているだけじゃからね。話題が乏しいからだね」

続けて、平治が「わしが、左手が不自由だもんで、山城にも伺うことができず、新鮮な情報がないからね。野良仕事だけじゃ、誰とも話をすることもない。文左衛門さんに、城のことや戦のことを少し話してもらおうよ」と言った。

「城のことは、少しは分かる。でも、わしらみたいな足軽は、城主様にもお目に掛かることは、めったにない。城主の指示なんかは、足軽大将から聞くだけだ。城内は広く、雑木林に囲まれた城だから、地元の伊賀の忍びなんかでないと迷子になるよ。迷路だよ。だから他の敵対する部隊は、簡単にはあの城は攻め落とせない。城の周りは高く土塁が築いてあり、難攻不落と言うのかね、わしらは勤めていて安心だよ。

先代の城主の時、信長様の家臣で秀吉様が、いまだ足軽の身分のときに、伊賀で意気投合したと聞いとる。それ以来、秀吉様が出世して今の大殿様になられた時も、秀吉様の家臣団の一人に加わり、伊賀の土地を治めている」

黙って聞いていた長男の弥七が「文左衛門さんは最近、どこへ戦に行かれましたか？」と食事の箸を止めて身を乗り出しながら、目をギラギラさせていた。

「そうじゃなあ」と、弥七の問いに答えるべく、口の中に入れたご飯を急いでかみ砕き、味噌汁を飲んで一呼吸した。

「弥七さん、美濃国は、ご存じか？」

弥七は首を横に振り、知らぬと身振りで伝えた。

「美濃は湖北より、さらに北の方角で、山深い荒れた土地だ」

「どこの殿様が、領主様なんじゃ」

「わしが聞いたのは、信長様の親戚に当たると伺ったが。国内は領主争いで、下剋上の様子だと足軽大将から聞いたことがある。だから、いつも小競り合いが絶えなくて、信長様も苦労なさっている」

「文左衛門さんは、どんな仕事をなさったか？」と弥七は、じっと顔を見た。

文左衛門は、何と答えていいか少し考えてから「わしら足軽は、部隊の先頭に立って、大将の号令を待って一斉に相手陣地に攻め込む。わしは槍を持っているから走るのが苦手だよ。でも、うかうかしていると敵の餌食になってしまうから、いつも足軽仲間の大男の後ろについて戦っていたよ」

「怖くはないか？」と、弥七が訊いた。

「震えが来るくらい怖いよ」

「戦の時には、家族の顔が浮かばないですか？」

「頭の中は真っ白だよ」

「ところで、文左衛門さんには家族はいますか？」

側から、平治が口を挟んだ。

「今まで大事なことを聞かなかったね」

文左衛門が少しはにかみながら「嫁と子がいるよ。嫁の名前が思い出せないよ。子は息子と娘だよ。昔の事は覚えているが、美濃から伊賀へ帰ってからの出来事が、まだら模様のようにしか記憶にない。どうしたのかね？」と、首を傾げた。

「心配いらねえ。そのうち分かるから」と、平治は深く詮索しなかった。

「文左衛門さん、思い出すまで、ここにおられるとよい。もっと戦のことが知りたいですよ」と、文左衛門に安心させて、弥七が「今は城内で武道の稽古をしていますが、わしは近江に出て商人の勉強がしたいんだ。城内に出入りしている商人を見ていると、楽しそうで商いに興味が湧いたんだ。近江の国は、都への経路として人の出入りが多く、いろんな商品を勉強できるし、見知らぬ人とも知り合うことができて、楽しそうだよ。このまま、百姓をしながら足軽で一生を終えたくないから」。

「あんたは、偉い」と、文左衛門が自分の身の上を分かっているから、若い弥七の考えに同調した。弥七は文左衛門に褒められたから、顔を少し上気させて志乃の方をチラッと見た。

じっと、男たちの会話を聞いていた志乃が「百姓が田畑をやっているだけじゃ生活が楽にならないね。弥七が希望を持っているような商人への道もいいかもしれない。近江は商人の町だから勉強になるよ。京の都との交流が盛んだと聞いているよ。今の城主の許しを得て、若いうちから修行に行くがいい。近江には知り合いもいないが、商人の世界は若い人手も欲しがるだろうから働き口は見つかると思う」と理解を示している。

文左衛門が「わしが城内に出入りしている近江商人に声を掛けてみるよ」と言うと、「そうしておくれ」と志乃が文左衛門に仲立ちを託したのである。

平治が「文左衛門さん、頼むよ。貴方の名前には、足軽や百姓にふさわしくない名前が付いとる。さすが親の働きで先代の城主から名を賜ったのだから、何かの役に立つよ」と、持ち上げた。

「名は体を表すというから親に感謝です」と、文左衛門が志乃や平治に向かって軽く頭を下げた。

夕飯も終わり、家の中全体が暗くなってきた。志乃が後片付けを始めた。

「志乃さん、台所までわしが運びますから」と言って、文左衛門は、手際よく食べ終わった膳を流し場へ運んだ。農家の室内は、夕方には暗くなる。できるだけ貴重品のロウソクの明かりを節約して、自然の成り行きのまま生活するのが農家の知恵だ。食事をする居間の中央には、薪（まき）を焚く四角い囲炉裏もあるが、節約して薪（まき）を少しだけ燃やして明かり取りにも活用していた。

他にも、平治の家には、明かり取りにごま油などの植物油を用いて灯油（ともしあぶら）もあるが、できるだけ節約して夕食が終わると、酉の半刻（夜の七時）ごろには寝ることにしている。

弟の源が父親の平治に向かって「父上、どうして戦がなくならないのですか？」と、思い切って普段からの思いをぶつけた。すると少し間が空いてから、「この国は、まだ誰も天下を取った人がおらんのじゃ。小さな自分の勢力範囲を皆が拡大しようと争っているのが今の世の中で、信長様が味方を多く作って京に上り、天皇からお墨付きを貰おうと各地の大名を配下に置くために争っているからだ。先ほど文左衛門さんが美濃国へ出掛け、地方の豪族を抑えて領主の拡大を図っているのも、全てこの国を治め天下統一を試みているのだよ」と、平治は応えている。

「左様ですか。お寺の和尚様からも似たような話を聞きました」

「誰が天下人になるか、わしには分からん」と、平治が言った。そして文左衛門に向かって口を開いた。

「誰が天下人になるのが、一番早いかね？」

「わしらは、一番下っ端の足軽の身分だから、そんな雲の上のような話はよう分からねえ。でも足軽大将が時々、信長様の名前や三河の家康様、そして越後の上杉や甲斐の武田、中国地方の備中国（びっちゅうのくに）の毛利などの大名の名前を語っておられる。わしらは今、信長様の大名の傘下の伊賀の城主の下で奉公しているから、信長様に天下統一をしてもらいたいね」

台所仕事をしていた志乃が「そうすれば戦がなくなり、働き手が増えて、田畑の収量も今よりうんと増えて生活が豊かになりますね。夢のような話だね」と、源や弥七を見た。

二人の息子たちは、笑って頷いた。

平治が「百姓は朝から晩まで働いても、白いお米がたらふく食べられないからね。わしらの主食は、粟（あわ）や稗（ひえ）が混ざったご飯で、年貢で城主様に納めるのが辛いよ。弥七が言うように、商人になって早く一人前になった姿が見たいよ」と、素直な気持ちを伝えた。

「父上、もう少しの我慢ですよ。私が一人前になって父上や母上の前に立派な姿を現すまでボケないで、今の状態のままでいてください」

「こればかりは、努力して良くなるものでなし、わしらはもう老人だから」と、平治はため息をついた。すると志乃が「私が平治さんを支えますから、弥七も源も勉強に励むんだよ」と、優しく声を掛けた。

文左衛門は家族の会話を黙って聞いていて、胸を打たれたように少し興奮気味に「心温まる話だね、農家も捨てたもんじゃないよ。村の若いもんが寺で学ぶ効果が出ているんだ。和尚さんに感謝だ」と、感激していた。

平治が「今日はもう遅いから寝ることにしようか?」と、薄明かりの家の中で文左衛門を奥の間に案内しようと手招きしていると、文左衛門が突然、「志乃さん、今日は、ありがとう。弥七さん、源さん、また明日」と、礼を述べた。

文左衛門にしてみれば、今朝山城を出てわが家を目指して歩きだした後、腹ごしらえのお握りを食べて満腹感を癒して横になって休んでいるときに、平治さんに声を掛けられたのが、幸運にも優しい家族だった。

自分でも記憶が飛んで、自宅の方角や村の名も思い出せない突発性の記憶喪失になってしまったことが、そしてまた、どうして平治たちの家族と一緒にここにおるのかも、よく理解できていない。何かの拍子に、例えば柱に頭を打ち付けた拍子に記憶が戻るかもしれないと思い、しばらくは様子を見ることにした。

予期せぬ備中への行軍の途次

農家の朝は早い。

外の空が、少しずつ薄明かりが差し込んできたころには目覚める。いつもの習慣で百姓たちは、大体の時間が分かる。昨晩は酉の半刻（夜七時）過ぎには寝床に就いたから十分の睡眠を取ったことになる。すでに台所からは、コトコトと何かを刻んでいる音、薪を燃やした煙が、部屋まで立ち込めて鼻の先をくすぐる。

隣の部屋からは、平治の咳払いがした。

文左衛門は平治の部屋を覗き込み「おはよう」と、挨拶をした。平治からは「よく眠れたかね？」と、気遣いの一言があった。

「朝まで一度も目を覚ますことはなかったですよ」と、文左衛門の元気な応答があった。

平治が裏庭に出ると、「井戸があるから使ってください」と、勧めてくれた。
裏庭と言っても、寝床から縁側を隔てた小さな空間に、井戸と便所そして流し場だけである。平治が「井戸の水は冷たいから、顔を洗うのが気持ちいいですよ」と、勧めてくれた。

やがて空が明るくなってきて、息子の若い兄弟も目を覚ましたようだ。
村の百姓たちが朝早く起きるのは、もう一つ防犯の意味もあるのだ。
世はまだ戦国時代であり、治安が良いわけではない。時には野盗や他の村からの夜襲に備えるため、早朝に起きて防備をする意味もあるそうだ。だから農家や足軽の家でも、備えとして刀や槍を保管している場合が多い。文左衛門も山城に槍や武具を預けていて、戦がないときは身軽な服装で、農民の姿になり家を守っている。

早起きのため、農家の朝飯は畑仕事をして、一段落したころに家族みんなで食事をする習慣があり、朝一番の適度な運動は体に良いと考え、陽が昇るころに膳が出される。朝飯は簡単なもので、粟と米の混合飯に漬物、味噌汁が定番で、男たちは野良仕事のため、ご飯を腹いっぱい喰らって力の元にしているそうだ。

平治が皆に声を掛けた、「さあ、畑に行くぞ」と。

弥七も源も、野良仕事用の服装で黙って平治の後をついていった。文左衛門は同じ農家の身分であるので、勝手が分かっているから、鍬と草むしりの道具を持って一言「じゃあ、志乃さん、行ってきます」と挨拶して、平治の後を追った。

幸い畑や田んぼは、家からもそう離れていないところに点在していて、平治が指をさして、

「ここの田んぼと、その向かいの田んぼが、わしの家の所じゃ。全部で八反（約八千平方メートル）ある。先代から引き継いだから大事にしているよ。この辺りは湖南に近い米どころだから、美味しいお米が穫れて、城主へ納める品も褒めてくださるから、余計世話するのに精が出るのだよ」

と、自慢げに言う。

平治は自分の田んぼのお米のことになると、嬉しいのかニコニコ顔で話す姿をする。文左衛門は「平治は自分を農家の鑑（かがみ）だと言いたげだなあ」と思った。

二人の息子たちは、親父さんの後ろ姿をいつも見ているから、平治が昔、戦で左の腕に障害を持ってからも、不便さを克服しながら野良仕事を続ける姿に感銘を受けている。だから早く一人前の男になり、親を楽にしたいと思っているのだ。

畑の草むしりは、定期的にやらねばならず、さぼったりすると、すぐに悪い状況になってしまう。文左衛門は慣れた手つきで、中腰の姿勢で作業を終わらせた。

その姿を見ていた弥七が「野良仕事は大将級だね。作業の手順が体に染みついているんだ」と言ったので、褒められた文左衛門は、目じりに皺を寄せて嬉しそうな表情を見せた。

平治が「男四人だと作業がはかどるね、ありがとうよ」と、皆に感謝の言葉を掛けた。

「朝飯の支度ができているだろうから、帰ろうか？」

その一言で男どもは、めいめい作業の小道具を手に持って家に戻った。

志乃が「お疲れ様」と言い「井戸水で汚れを落としてくだされ」と、文左衛門に布きれを手渡した。外から帰ってきた瞬間、家の中には味噌汁の匂いが立ち込めていた。

農家は、それぞれ自家製の味噌を作る習わしがあるので、家ごとにその家の味噌の風味が異なる。よそ者の文左衛門は、その違いが分かった。

朝の早い時間から体を動かし、ひと汗かいた後は適当に腹が減って、食事にありつけるのが待ち遠しかった。めいめいが自分の座る位置に陣取ると、志乃がまず平治の椀に飯を盛りつけ、「どうぞ」と差し出した。次に文左衛門の椀を手渡しながら「今日からは、文左衛門さんも客人扱いではなく家族の一員ですからね」と、にこやかに話し、文左衛門も

「承知しています。お役に立てるように頑張ります」と、状況を把握した受け答えをした。

息子の弥七が母に向かって「文左衛門さんの仕事ぶりは見事だよ。草むしりの手際なんか、わしや源など足元にも及びません」。

「今年の米作りは楽しみじゃな」と平治が言うと、話を嬉しそうな顔つきで聞いていた源が「父上、文左衛門さんの分として、後二反（約二千平方メートル）ばかし田んぼを増やしてはいかがですか？」と、計算高い提案をした。「そりゃ、簡単にはいかねえ。城主様の許しがないと勝手に田んぼを拡張することは、まかりならねえよ」と平治。

すると、傍らから弥七が「実際、家族が増えたわけじゃないから難しかろう。文左衛門さんの存在を何と説明するのか？」志乃が「弥七の言うとおりだ。このままでいい」と述べた。


こんな生活が二カ月ほど続いたころ、山城から伝令の係が平治の家にもやってきた。

「城主様からの命令で、明日中に城内に集まるように」とのことであった。平治は毎度のことで、左手に障害があるので、戦には参加しないが、村中に伝令が隈なく行き渡るように係の者が触れ回っているのを承知している。そして聞いた。

「今度はどこへ行きますか？」

するると、伝令係が「遠方の中国地方の備中に向かう長丁場らしいです。信長様から命令が下り、わしらの部隊は大殿様の秀吉様に付いていくだけだから」と素っ気なく応え、続けた。「ところで、この家は平治さんだけか？」と。

「足軽はわしだけじゃが、ご覧のようにわしは、左手が不自由で戦を免除されている」

伝令係は部屋にいた文左衛門に気が付き「あのお方は誰じゃ？」と、聞いてきた。

「あれはのう、先般の美濃への戦が終わり、彼が家への帰り道で、農道で休んでいたところをわしが声を掛けたんじゃ。しかし、彼は自分の家に帰る方角を忘れて、途方に暮れていたから、わしの家に連れてきた」

「そうか、名は何と言う？」と、文左衛門の方を見ながら訊ねた。

「文左衛門と申します」と、本人が答えた。

「なるほど、文左衛門とね、いい名じゃね。だが農民には、ちと珍しい名だね」

文左衛門が「わしの親が先代の城主様に仕えていたとき、働きぶりの良さのご褒美としてこの名を賜り、わしに付けたと聞いています」

「分かった。それじゃ明日中に城内に集まってくだされ」と言い、伝令係は次の家に向かった。

話を聞いていた源が「文左衛門さんは、自分の家がどこか忘れなさったか？ それは病気なのか？ もしそうなら戦に参加しても大丈夫ですか？ みんなの足手まといになりゃしませんか？」と、立て続けに文左衛門に疑問を投げ掛けてきた。源の顔には、まだ幼さが残る目が輝いていた。

志乃が「文左衛門さんの物忘れは、ただ昔のことが思い出せないだけで、今日、昨日のことは、はっきり覚えてなさるから、戦場でも何の問題もないですよ」と、一言添えて続けた。

「急に物忘れがひどくなったのは、どこかへ頭をぶつけなさったからかねえ」

「いや、何もせん。ただ農道で、城で頂いた昼飯のお握りを食べて、満腹になったので横になっていただけじゃ。この暖かい陽気のせいじゃね」と文左衛門は、ふざけてみせた。

「明日、城に上がるとき、平治さんに付いてきてもらいたい。道がよう分からんで、また迷子になりそうだから」

「いいとも、心配せんでよい。わしも最近城の近くまで行ったことがないから、久しぶりに眺めたいよ。文左衛門さんには、城内に足軽の知り合いがいなさるか？」

「先の、美濃攻めのときに同じ班だった、彦次郎という者がいるよ。彼は伊賀の村の百姓で、わしより若く髭を蓄えた四十歳くらいの男前だ」

「知り合いがいると心強いね、文左衛門さん！　戦場でも若い彦次郎の側を離れるんじゃないよ。助けてくれるだろうからね、命が大切だから生きてここへ帰ってくるんだよ」と、平治が言った。

「大丈夫ですよ。彦次郎は槍の名手だから足軽仲間でも一番だ。百姓が本来の仕事だが、若い時から忍びにも鍛錬を経て体が柔らかいから、身のこなしが軽いよ」

源が「戦に参戦すると、給金はどれほど貰えるのですか？」と、文左衛門に訊ねた。

「給金か、決まりがあるのか、わしらにはよく分からない。百姓は年貢との絡みがあるので、米の穫れ高や戦での働き具合、そして城主様の懐具合で決まると思う。百姓は年貢が免除される場合もあるそうだ」

源は少し考え込んでから言った。

「城内には、給金や年貢を計算する専門の武将が何人もいるのですか？」

「城主様の金庫番だよ。読み書きができ、そろばんも堪能だよ」

「楽しそうだね、私もお寺の和尚様にそろばんを教えてもらい、戦へ行く代わりに城内で奉公したいよ」

「いい考えだね。よく勉強することだよ」と、文左衛門が源を激励した。

城に上がる当日、志乃が「文左衛門さん、きっと生きながらえて帰ってきなされ。皆、待っているから、ここの家をよく覚えておいておくれ。今度帰ってくるときに、また迷子になると困るからね。ほら、あそこの田んぼのはずれに大きな木があろう。あの大木は、この村のご神木だよ。楠と言って縁起がいい木だよ。城に行く前に楠を触って、無事をお祈りしてくだされ」と、願うように言った。

「そうするか」と、文左衛門は言い、源と一緒に、とぼとぼと歩いてご神木へ出向いた。そんな文左衛門の後ろ姿を見ていた志乃は「大丈夫かね、私は心配だ」と、側に立って見ていた平治に向かってつぶやいた。

平治たちにとって、文左衛門は部外者だが、短い間でも一緒に面倒を見ながら生活をしてみると、もはや家族同然に思えて、これから戦に向かう身を案じずにはいられない心境だった。

「さあ、文左衛門さん、行きますか」との源の声に文左衛門は、ご神木に着いてから家に戻り、平治に向かい、思い出すように楠を撫でてきた手をもみ手で大事そうにしながら

「神様にお願いしてきましたよ。皆さんごきげんよう」と、明るい声で弥七、源、そして志乃に軽く頭を下げ右手を振った。

家が少しずつ遠く離れていくが、文左衛門が時折振り返ると、志乃たちはいつまでも手を振っているのが嬉しくて、手の甲で涙をぬぐった。そんな姿を見ていた平治が「文さんはいい人だね」と、ねぎらった。一緒に暮らしていて、いつしか「文さん」と、呼ばれるように親しくなっていたのだ。

「さっき平治さんが、わしのことを文さんと言いなさったでしょう！　わしは小さいころから、文さんと呼ばれていたから、友達になれたと思い嬉しかったよ」

「そうか、それはよかった。ところで、今の伊賀の山城の城主様は厳しいお方か？」

「わしらは足軽大将から聞くだけだから、細かいことまでは分からないが、信長様のように周囲の者を威嚇するように、大きな声を出しておられるそうだ」

「伊賀の山の中で育ったお方じゃから、自然と声が大きくなったのじゃね。それから家臣たちも、山岳地帯の荒くれ者が多いから統率するのも大変だろう。伊賀の衆たちは、身のこなしが素早いから戦場ではよく働くよ。直接の殿様の秀吉様も頼りになさっているに違いない」

平治が急にしゃべりをやめてから改めて、「文さん、よく覚えておくんだよ」と後ろを振り向いて、指をさしながら、

「わしの村は北の方角じゃ。もう楠も見えなくなったが、反対の南の方角に山城がある。城からわが家への帰りは、城門を出ると、朝は右手方向から太陽が昇るから真っすぐ歩いてくるんだよ」

「分かったよ。すぐそこが城門だ。平治さん、ありがとう」

二人は肩を寄せ合いながら感謝の気持ちと、無事の帰還をお互いに表した。

文左衛門は城門をくぐった。城門とは名ばかりで、ただ丸太を組んだだけの造作であったが、山城の衆たちは、城門と呼んでいた。城下に住んでいる足軽たちが、四方から続々とやってきた。嫁や娘たちに送られてくる若い足軽は、しばしの別れを惜しんでいるようで、文左衛門にはほほえましく映った。

城門には、係の侍が二人立っていて、城に召集されてくる足軽や武将たちの参加の点検をしていた。文左衛門も係の侍に呼び止められて、名前と村を告げるように言われた。

文左衛門は係の侍の顔を見て、「文左衛門」とだけ告げた。すると係の侍が「村はどこだ」と言うので、「忘れました」と答えた。

すると侍が、急に声を強めて「ふざけてはならぬ。村の名前を言うてみろ」と、少し厳しい声で言うので、「本当に忘れたのだ。先の美濃攻めから城に戻り、家路を目指したのですが、途中の農道で握り飯の昼飯を喰らって少し休んでいたとき、湖南に近い村の農夫に声を掛けられたが、自分の家の村の名も方角も思い出せなくなってしもうたです」と、正直に応えた。

「そりゃ、困ったもんだ。誰か城内に知り合いはおらんか？」

「美濃で一緒だった彦次郎さんがいるはずです」

「伊賀村の彦次郎か、わしもよく知っとる。じゃあ、一緒の班で行動を共にしてくれ。武具はここに預けてあるね？」

「はい」

「支度が整ったら、足軽大将から命令があるまで待機しておいてくれ」

彦次郎の名前が城内でも知れ渡っていることに、文左衛門は自分のことのように気持ちが高ぶった。足軽の身分でありながら、槍の名手で先般の美濃の戦でも働きが認められ、足軽大将の次の地位まで引き上げられたのだ。なにぶん彦次郎の農家は、伊賀の山岳地方でも田畑を手広く持っていると聞いていた。

親父さんが忍びに長けていて、村の若者を集めて鍛錬を重ね、城主様からも部族をまとめられるよう頼りにされていたから、彦次郎も親父さんの血筋を引いて立派な槍使いの名手までになったらしい。

そんな姿や振る舞いを側で見てきた文左衛門は、なぜ足軽の身分に満足しているのか不思議でならなかった。武将になる資格は十分持っていなさると思っている。

先の美濃の戦で、彦次郎に聞いたことがある。「彦次郎さん、城主様が武将に昇格させると言いなさったら、あんたはそれを受けなさるか?」と問うた。

彦次郎の答えは「わしは、第一線で敵と相まみえるのが性に合っているから、足軽の身分でいい」と、即座に言った。

城門の係が彦次郎のことを知っていると言ったとき、ふと彼のことを思い出した。

文左衛門は、城内の勝手は分かるから、まず武具置き場までゆっくりと周囲の状況を確認しながら歩を進めた。武具は城主様にとっても大事なものだから、城内の奥深い場所に保管場所があった。城内がざわめきだした。足軽や武将たちが、次から次に城門をくぐり受付を済ませて各自の持ち場に足早に移動していたからだ。

文左衛門が武具置き場で装束を身に着けているとき、彦次郎がやってきた。

お互い目が合うと「元気であったか」と、彦次郎が両手を文左衛門の肩に回し抱き合った。

彦次郎が「お主は城下から遠かろう。家族の者は皆、息災であったか」と訊ねた。

文左衛門は少し照れながら言った。

「美濃から帰ってから、わしの家には帰っていない。帰り道を忘れてもうて、湖南の村人に世話になっていたんだ」

「どういうことか、わしにはよく分からん。昔のことが、思い出せなくなったということか？」

「そうだ」

「そんな病は、医者でも分かるまい。自分の家路が分からなくなることがあるのか？　何か人に言えないことでもあるのか？」

「とんでもない。本当に分からなくなってしもうたのだ」

「この世の中にも、不思議なことがあるもんだな」と、彦次郎は半信半疑で首を傾げていた。

「ところで、今度の戦はどこへ行くのか？　あんたは知ってるか？」

「伊賀の村では、西の方角の中国地方の備中に行くそうだよ。伊賀からでは何日も掛かるから、わしら足軽にも荷役があるそうだよ」

「備中とは遠方だね」

「なんでも信長様の命令で、秀吉様が大将で多くの兵が参上すると聞いている。信長様の天下人への足掛かりだよ」

「じゃあ、間もなく信長様が上洛なさる日も近いですね」

彦次郎は急に小さな声で「今度の戦は長引くそうだよ。何でも中国地方には強い殿様がいて、地方をしっかり治めているらしいから、これまでの城攻めとは一味違うよ」と、周囲に気を使いながら文左衛門の耳元でしゃべった。

文左衛門は彦次郎の内緒だよ、とでも言いたげな小声の話を聞いて「今度の戦は一大事になる」と、自分に言い聞かせた。

自分たちの周りにも、次から次へと足軽たちが戦支度のために部屋に入ってきた。

文左衛門が武具支度を終わったところで、彦次郎に向かって「いかが、かな?」と、腰に手をやりながら自分の身支度を見せた。彦次郎は上から下まで見回しクスッと笑った。

「どうした！　何かおかしいか」

「文左衛門さん、陣笠の後ろ前が反対でござる。城主様の家紋が前であろう」

「そうか、それはうっかりしていた。最近物忘れがひどくて困るんじゃ」

「おいおい、わしの顔と名は一致しているだろうね」

「彦次郎さんのことは、絶対忘れませんよ。私の命の綱だもんで。昨日まで世話になっていた平治さんからも、戦場では決して彦次郎さんから離れてはならぬ、ときつく言われたよ」

「そうであったか」と、彦次郎は文左衛門の言葉を聞いて、まんざらでもない顔をした。

「多分、この城を出るのは、明日の朝方になろう。城主様が皆の前で戦の心構えを言われるだろうよ。なにぶん大戦になるから。何しろ天下人を狙う信長様の命令は厳しいから、われらの大将の秀吉様も大部隊をまとめるのに苦労なさるだろう」

「どれほどの部隊になりますかね？」

「足軽大将から行軍のあらましが、出発前に聞くことができるから、今晩は良い夢でも見て、明日に備えてぐっすり寝ることだよ」

　城内の人の動きが活発になってきた。一人の武将が、紙に何やら書いてある伝達文書を武具置き場の前に張り出した。彦次郎が側に行き、じっと眺めて「文左衛門さん、明日の出立は卯の刻（午前五時～七時）だよ。朝早く出掛けるには、わけがあろう。早く飯を喰らって寝ることだよ」

「わしは朝の早いのが困らねえ、野良仕事で慣れているから。面倒だから武具を付けたまま横になるよ」

「陣笠の後ろ前に気を付けてな」

彦次郎のからかいに、右手を上げて応えた。


翌朝、空がまだ薄暗いうちに文左衛門は目を覚まし、辺りに気を使いながら音を立てずに広場に出た。周囲には誰もいなくて、静けさだけがそこにあった。朝靄（あさもや）がかかる中で、大きく背伸びをして体全体の眠気を覚ました。

今頃の時刻には、平治さんの家では志乃さんがすでに起きて、台所で仕事を始めているころだ、と昨日まで世話になった生活を思い浮かべていた。

そして、平治の息子たちの弥七と源の顔も浮かんできて、戦で手柄を立てずとも生きながらえて、またこの伊賀の山城に戻ってくることを願っていた。弥七との約束事も果たさねばならず、弥七が商人になりたいと言うていたことが気になった。わしが城に出入りしている近江の商人で、弥七を引き受けてくれそうな人物を探すことだった。

文左衛門が広場の木の切り株に腰掛けて物思いにふけっていると、一人の武将が目の前を通りかかった。文左衛門を横目でチラッと見ると、歩を止めて近寄ってきた。

「早うござるな。眠れたか？」と声を掛けた。続けて「名を何と申す？」と低い声で問い掛けてきた。

文左衛門は少し緊張した面持ちで、その場に立ち上がり「文左衛門と申します」と答えると、武将が「お主は足軽であろう？ 農民か？ 立派な名前ではないか？ どこの村の出か？」と、不思議そうに聞くので、「農民の名にふさわしくないが、わしの親が先代の城主様から戦の働きのご褒美に賜ったと聞いております」と、神妙に応えた。

「そうだったか、今度の中国地方の備中攻略にも精を出しておくれ」

「承知しました。ところで今度の戦は、何が目的でございますか？」

「天下人を目指しておられる信長様の命令で、大殿の秀吉様が大将となり、地方からの大名の参集で約三万の軍勢で西に向かうのじゃ」

「三万の軍勢！」と文左衛門はおったまげたように驚き、そして「備中まで何日ぐらい要しますか？」と訊ねた。

「そうじゃのう、三日、四日は掛かるであろう。最短の道を選び、京の近くの長岡京の勝福寺で仮眠を取り、その後摂津を経て翌朝三木城に向かう。そこで食料や資材を補充して、播磨の姫路城まで一気に下る。翌日は相手領内に足を踏み入れるので、ゆっくりした歩みで大軍が集結していくことになる。ここまでが、わしが城主様から聞いた行程だ。でも道中で何が起こるか分からないから、予定が狂うこともあるそうだ」

文左衛門は興奮した顔で武将の話を聞いていたが、「ところで、お侍様の名は何と申されるのですか?」

「山中仁と申す。文左衛門とやら、頼んだぞ」

文左衛門は深々とお辞儀をした。

「山中様より、貴重なお話を聞くことができて幸せでした」

これまで、足軽は武将と直接話をすることがなかったので、別れた後も文左衛門は体が膠着して興奮が冷めやまなかった。口髭を生やしていて一見年齢不詳に見えたが、話し声から推測して三十代半ばとみた。侍の身分も働き具合で給金がたくさん貰えて、良い生活を送れそうだが、侍仲間での出世争いで、命を削る思いをしているに違いないと想像をしてみた。

卯の刻となり、出陣の支度をした足軽、侍たちが槍や鉄砲を担いで広場に集合し、その外側には馬上武士が集合。やがて奥の部屋から戦装束を身にまとった城主様が、数人の家臣と屋敷のせり出した廊下まで来て、一声「皆の者、大儀じゃ。これから備中に向かう」と大きな声とともに右手を天に突き上げた。

足軽大将が何班かに分かれた班長を集め、指示を出した。その中に彦次郎もいた。遠くから文左衛門は、彦次郎の動作を観察していた。彼は最後に槍を天に向けて突き上げ奇声を上げたが、文左衛門には周囲の騒音にかき消されて、何をしゃべったのか分からなかった。

やがて班長の彦次郎が笑みを浮かべながら、文左衛門たちの元へやってきて「わが班は先陣を仕る(つかまつ)ることになった。皆、栄誉なことゆえ、しっかり心せよ」と、檄を飛ばした。「道中、長旅じゃが、城主様にも秀吉様にも恥をかかせぬように手本を見せようぞ」と、文左衛門が足軽仲間を鼓舞した。

班の先頭には、わが城の旗持ちが立ち、そのすぐ後ろに彦次郎が眼光鋭く前を見ながら行進を始めた。その後に五百名近い部隊が長々と続いた。

部隊が通る街道には、農民たちが田畑の農作業の手を休め、無事帰還を願って手を合わせる者もいた。伊賀を出て、一路京の南の長岡京の方角に静かに軍勢を進めた。

部隊の決まりとして、行軍中は仲間内での会話は禁止されていたので、足軽たちの地下足袋が地面をこする音が、ざあざあとするだけで、傍らから見ると異様な光景だったに違いない。

文左衛門の班は先頭を行進しているので、班長の彦次郎が休息の指示があるまで歩き続ける。足軽たちは、めいめい腰に水入れを下げているが、次の休息場まではじっと飲むのを我慢している。彦次郎の班は山城を出て、約五里（約二十キロ）ほど歩むと、小休憩のため日陰になる農家の庭先やお寺の門前でくつろいだ。休息時は仲間内で会話も自由だ。

彦次郎が文左衛門の所へ来て「足腰は大丈夫か」と、ねぎらいの言葉を掛けてくれた。なにぶん文左衛門の五十歳くらいの足軽の戦への参戦は多くないから、彦次郎は気を使ってくれたのだ。戦国時代の平均寿命は五十から六十歳の間ぐらいだから、十分に爺さんの部類に入る。

が、農夫の仕事は、外見だけでは判断ができない。顔は日焼けして黒く、また皺も多いが足腰が丈夫で若い侍などに体力でひけをとらないと思っている。でも、文左衛門もそろそろ兵役から引退することも考えていた。だから、自身今回の長きに亘る戦が最後になるかもしれない、と密かに心に決めて参加した。

　これまでも、参加した戦では、戦場で先陣を切って相手陣地に突っ込むのは、槍や鉄砲を持った足軽だ。命を落とす足軽や傷を負う仲間も多く見てきた。これまで無事でおられたのは不思議なくらいで、毎回部隊の武将より「かかれ」の号令がするまでは、生きた心地がしなかった。行軍を続けていても、頭の中では戦の様子が思い浮かんできて、本当は誰かと話をすることで、雑念から逃げたい気持ちだったのだ。

　城を出るとき、昼時の握り飯を城内の女たちが作ってくれていたが、この次の休息時まで足軽大将から指示があるまで勝手に食べるわけにもいかない。休息時に寺の小僧たちが竹の桶にいっぱい井戸水を汲んで、行軍の休んでいる人たちに振る舞ってくれた。ここは長岡京に向かう道中で、われらの山城の城主様の影響が及んでいる範囲だから周囲の農民たちも温かく迎えてくれている。

　三十分ほど休んだころ、足軽大将から「出立用意」と大きな声がした。声の方に頭を上げてみると、足軽大将と班長の彦次郎が、連れだって部隊の後方まで命令を徹底して回っていた。

　どの顔も疲れが取れた清々しい姿で、行軍の序列を作った。

「出立!!」と言う号令で、先頭の足軽たちが歩を進めた。山岳地帯を抜けて京の都が近くになったとき、班長の彦次郎が「この先の勝福寺で遅い昼飯の休息を取るので、後少しの辛抱だ」と声掛けした。休息場所は部隊の先遣隊が先回りして協力してくれる寺や、大きな農家などの了解を得て、先頭の足軽大将と連絡を密にしている。

長岡京に向かう街道の両側には、田園風景が広がっていて、農民にとっては、わが家に帰ってきた思いがしていた。文左衛門も、世話になった平治たちの家族の顔を思い浮かべながら、同時に自分の家を思い出そうともがいていた。

美濃攻めから戻ってきた際に物忘れが始まったのだが、正確にはどの時点で記憶が飛んでしまったか、ぷっつりと過去と現在の糸が、どこかで切れてしまったもどかしさに、自分のいら立ちをぶつける術も見つからなかった。

行軍の途中、私語は禁じられているが、班長の彦次郎が側にやってきて「大丈夫か」と、気を使ってくれるのが力の元になっている。

勝福寺の門前にたどり着いた。陽はすでに西に傾いていた。普段、日常生活では食事は朝晩の二食が農家の習慣になっているが、戦のときは特別で、昼飯がないと体が持たない。足軽は一日中徒歩、または駆け足で動き回っているから、なおさら重労働だ。

勝福寺は門構えが立派で、文左衛門にはどこの宗派か分からないが、門から本堂までは真っすぐな道が繋がっている。文左衛門たちは門をくぐり、右手奥に鐘撞堂があるのに気が付いた。数人の足軽たちと飯を食べるにふさわしい場所を探した。ちょうど池の周りの大きな石を見つけ、側には松の枝が太陽を遮った格好の日陰の場所があった。

文左衛門たちは、武具の他、槍、鉄砲を担いだ足軽もいるが、今回の行軍には長丁場ということで、手分けして資材を背中にしょっていたから、肩の凝りようは尋常ではない。まずは背中の荷物を下ろし、石に腰掛けて背筋を伸ばして体をほぐした。

城の女性たちが作ってくれた握り飯は、笹の葉にくるんであり、それを布に巻いて、それぞれが腰に括り付けていた。握り飯は保存に適したように塩を多めに利かしてある。汗をいっぱい流した後に体が塩分を欲している。漬物を添えただけの質素な飯だが、長旅のあとで、野外で食べる飯は格別だ。伊賀の城主は、京や摂津辺りまでの地の利を知り尽くしているので、足軽たちには少し道中の起伏がきついが、これも備中までの時間を短縮するための近道である。

同じ石に腰掛けたのは文左衛門より若い、足軽農民で、名を庄作と言った。庄作は農民にしては色白で、見た目は若く見えていい男ぶりだ。

どこの村かと聞くと「湖南に近い村」と言い、文左衛門が「近くに楠があるか？」と尋ねた。庄作は「知っとるよ。あの大木の楠か、あの木は村のご神木だよ。あんたも知ってなさるか？」と、不思議そうに文左衛門の方に体を寄せてきた。

文左衛門も目を輝かせながら「そうだ、ご神木だよ」平治の家を出るとき、教えてもらったばかりで、知ったかぶりをして「あんたは平治さんをご存じか？」

「村の中ほどの三軒長屋の平治だろう。若いころからの知り合いで、野良仕事も一緒に助け合ってやることもあるよ」

「そうだったか。息子が弥七と源と言うんだよ」

「それがどうしたかね？」と、文左衛門を覗き込むように言った。

「先日まで、わしは平治さんの家に居候していたんだ」

「居候とね！」

「この前の美濃攻めには、庄作さんは行きなさったか？」

「もちろん、参加したとも」

「わしは、美濃から城に帰り、一同が解散した後、城門を出て家路に就いたが、途中農道で休息した後、家の方角が分からなくなり、しばらく途方に暮れて横になっているとき、偶然に通りかかった平治さんに助けてもろうたのよ」

　庄作は不思議そうに見て言った。

「自分の家を忘れた。それは誠か？」

「誠じゃ、今でも分からん」

「自分の家の所在を忘れることなんて、本当にあるんか、何かの病ではなかろうか」

「庄作さん、この通り体は、どこも悪くない」と、言いながらその場で二、三度飛び跳ねてみせた。

「城内に、誰かあんたのことを知っている足軽はいねえか」と、庄作は訊ねた。

「わしは伊賀でも湖南でもない地方の土地の農民だから、同じ村から参加している足軽は他にいないよ」

「平治と言う農民に会ったのが、湖南より西の方角だとすると草津方面かな。一面、田畑が広がり、村が点在しているよ」

「四方、どこを見渡しても田畑が広がり、方角が分かるのは太陽だけが頼りだよ」

　庄作は心配そうに「家族もお前さんの帰りを待っていなさるで、何か手掛かりはないもんかのう」と、握り飯を食べていた手を休め、思案顔の表情をした。

家族、という言葉に一瞬、文左衛門の顔の表情が固まり「誰もおらん。わし一人じゃ」と否定したが、庄作には分かっていた。きっと嫁も子もいるだろうことを。

足軽たちは昼飯を食べ終えて、それぞれが休息していると、「ピー」と竹笛が鳴った。続けて足軽大将が大きな声で「今日はここで仮眠を取る」と、お触れが回ってきた。

そして「明日の早朝に出て、摂津を抜けて播磨の三木城を目指す。長い行程じゃが、夕方の酉の刻（午後六時ごろ）には城に着く予定じゃ。お寺で広間を提供してくれたので、めいめい休息を取るがいい」と、命じて去っていった。

勝福寺の境内に散らばっていた足軽たちは、寺の修行僧の案内で広間へ移動を始めた。

足軽たちは武具を解き外し、身軽になった体を板の間にドカッと横たえた。

すぐさま、イビキがあちこちから聞こえてきて、行軍のきつさを物語っていた。

足軽の強行軍に待つ先陣の中で

翌朝、寅の刻（四時）、すでに部隊の行軍が始まっていた。歩き始めてしばらく経ったころ、文左衛門たちの歩く後方より馬のひづめの音が聞こえてきた。ちょうど横に来たとき、馬上の人物に気が付いた。「山中仁の武将だ」と、心の中で叫んだ。昨日、出立前に城内で激励を受けたから記憶に新しい。

山中武将は隊列の先頭で、馬上から「皆の者、ご苦労。右手方角が京の都である。信長様が上洛される都ぞ。心せい」と檄を飛ばし後方に移動して行った。足軽たちは都と聞いて、これまでは雲の上の存在としか思っていなかったが、現実に自分たちの足が、都の地を踏みしめていることに異次元の出来事ととらえていた。

行進中の私語が禁じられているので、文左衛門たちは隣の仲間と頭を上下させて納得感を表す意思表示をした。

都では今頃、信長様の上洛に備えて、公家衆たちが忙しく働いていることだろうと思いを巡らしたが、なにぶん農民からすると都の権威あるお侍さんや公家衆が、どんな言葉を交わしているのやら想像だにしない。文左衛門は、行進をしながら口元を少し動かし、都、都と現実の世界を目に焼き付けた。

信長様の上洛に備えて、伊賀からも多くの忍びが、先鋭隊として都の警備や下調べのために入り込んでいる。忍びたちは、京の都人に身を化けて活動しているから、傍らからは忍びと気が付く人もいない。

伊賀の侍や城下の足軽たちは、足腰が丈夫で歩く速度や持久力には目を見張るものがあった。伊賀は起伏が激しい山岳地や雑木林で満ちており、忍びたちは日頃から鍛錬している。このたびの中国地方への行軍も長い道程（みちのり）だが、信長様の絶対命令により秀吉様が移動の日程を短縮されたから、三木城までの行軍が強行だ。三木城では秀吉様の他の友軍と合流し、さらに播磨の西の姫路城で最後の軍議が行われるらしい。

先ほど仮眠を取った勝福寺で、足軽班長の彦次郎が教えてくれた。

午後の太陽は少し西に傾いてきたが、先頭を歩く足軽たちにも多少の疲れが見えてきた。

まして十分な睡眠も取っていないので、文左衛門はまだ頭が少し眠っている。

しかし、部隊の先頭を先導しているという役目があるから、弱気な態度を見せられない。ましして、足軽大将や、班長の目があり気力を振り絞っている。

これまでの街道から、少し南に方角を変えて細い農道に入っていった。別所長治が治める三木城は、山陽道より少し内陸にあるらしい。辺りは暗くなり先導する足軽たちは、明かり取りに松明を点けて歩くと、歩みの先に明るい松明の明かりが点々と見えてきた。城門の前には、三木城の武士たちが、文左衛門らの部隊一行を出迎えてくれた。三木城は最近秀吉様が攻略して配下に置いた城だ。武士たちの中には、秀吉様に反感を抱いている者もいるかもしれないが、世は戦国の時代、強き者に就く鉄則であることは承知している。

一行は三木城の衆に、みっともない姿を見せられないので、疲れた体を必死に支えながら緊張した面持ちで、城門をくぐった。城の侍たちが正装した姿で「お待ちしておりました」と丁寧な仕草で伊賀城主一行を温かく迎え、今夜の休息の場所に案内した。文左衛門は薄暗い城内を見渡しながら、伊賀の山城とは違い、立派な造りに見とれて、感心していた。庄作は文左衛門の傍らに行き、武具を外すのを手伝った。

「庄作さん、すまんのう。背中の荷の重さが堪えるよ」

足軽たちは武具を外し身軽になった体を、その場に横たえた。早朝からの行軍は、日頃足腰を鍛えている農夫の足軽たちにもきつかった。

文左衛門と庄作は、三木城の下働きの女性たちが用意してくれた桶の水で、汗ばんだ顔、体を拭いて、生き返った思いがしていた。行軍で腹も減っていたが、体を横たえているのが一番の栄養と思い、しばし二人は目を閉じた。

しばらくして我に返ると、座敷には膳の用意がしてあった。よく見ると茶漬け飯とイワシの干し物が用意してあった。一行が歩き疲れて内臓まで疲労困憊だ、と感じ取った三木城の食事方が、消化の良い茶漬けを用意したらしい。

行軍中は会話がご法度だったので、足軽たちはこれまでため込んだ全てを、誰彼構わずしゃべりだした。飯を喰らっているとき、座敷の奥に彦次郎を見つけ、文左衛門が手招きした。

ニコニコ顔で側に来た彦次郎が旨そうに茶漬けを食べているのを見て、「おい文左衛門、三木城の衆たちは、城を開城するまで兵糧攻めにあっていたそうだ。そのことを思うと、飯が喰らえることが何とありがたいことか、農民なら分かるだろう」と、三木城を守っていた足軽や侍、そして城内の人たちの思いを口にした。文左衛門が普段からの思いを口にした。

「三木城の殿も、誰がこれからのこの国を治めるにふさわしいか、判断を誤るから、最後の手段で兵糧攻めにまでなるのだ。力が国を制すると、わしらだって分かる。白旗を上げる時期を誤らないことじゃが、彦次郎殿、兵糧攻めは結果的に人助けだよ、戦で多くの農民、武士が死ぬのを防げた。そう思わんかね」

「年寄りの考えも、取るに足りぬこともある。明日は播州姫路城を目指し、友軍の待つ城で信長様、秀吉様の配下の軍勢が一同に集まる、と足軽大将から聞いた。ほぼ十里（約四十キロ）ほどだから、明るいうちに到着するだろう。軍議でわれらの部隊の役割分担も決まり、備中高松城を攻略する陣取りが決まる。なにぶん中国地方を治める実力派の相手だから、どんな策を講じてくるか分からない。明日出立前には各々方、褌をきつく締められよ」

彦次郎は文左衛門の肩をポンと叩き、席を後にした。

文左衛門と庄作は、お互い顔を見合わせながら「共に生きて伊賀に戻ろうよ」と言い合い、庄作は少し寂しそうな素振りをした。庄作は口には出さなかったが、湖南の村にはまだ幼い子を残してきたと言っていたから、思い出したんだろうと文左衛門は理解した。

二人は飯を一瞬のうちに食べ終えて、腹をさすりながら満足した表情になり、他の足軽仲間たちとも談笑した。庄作が立ち上がり一人の若者を文左衛門に紹介した。

「名を佐助と言うて鉄砲の名手で、おれと同じ湖南の村出身だ。班長の彦次郎の子分だよ。彼は酒が入ると、踊りがうまい芸達者なんだ」

庄作から紹介された佐助は、頭をかきながら「今日は戦前の行進中だから、酒もないし浮かれている場合じゃないが、無事に伊賀の山城に帰還したときは、大いに宴に興じましょうぞ」と言い、文左衛門を見て、「少しお疲れの様子じゃゃから、今日はゆっくり休んでくだされ。ところでどこの村じゃ」と、佐助が訊ねた。

側から庄作が「文左衛門は記憶があっちの方に飛んでいって、村も家族も思い出せないらしい」と、佐助に話した。

「本当か？　そりゃ大変だ。家族の者が待っていなさるから、わしが力になるよ」

「お前さんに考えがあるのか？」と、庄作に訊ねた。

「今は、特にない」

「この戦が終わったら、わしが文左衛門さんの家探しをするんだよ」

文左衛門は庄作と佐助が、家探しに協力する話を聞いていて「頼むよ」と、深々と頭を下げた。

佐助には、もう一つの子供のころからの夢があった。それは、子供のころは村の中でガキ大将だった佐助は、遊び仲間に「俺は大きくなったら侍になる」と言い、周囲の大人からも百姓の子は百姓にしかなれんのじゃと教え込まれてきた。佐助が大人になったころ、村の噂で信長様に仕えていた百姓上がりの足軽が出世して、侍に取り立てられたと聞いたから、戦で手柄を立てることを目標に山城の足軽鉄砲隊に入った。

そんな夢を抱く佐助の心の内を知る由もない庄作たちには、ただの愉快な若者と映っていた。

天下が統一されていないこの世の中は、各地の豪族や国の力が強く、大名の意向で身分も変わることがあり、特に若い衆は目立つことに知恵を絞っていた。

特に班長の彦次郎のような伊賀出身の者は、子供のときから忍びを遊びとしていたから、相手領内に入り込み聞き耳を立て、情報を集めてくる術が身に付いているから諸国の大名から召し抱えられる者がたくさんいた。

城下で百姓を営んでいる佐助は彦次郎の配下で、もまれているから、伊賀の忍びの衆たちと、その技量は遜色ないくらい評価されていた。

文左衛門は佐助に「頼むよ」と言ってみたものの、彼がどんな秘策を出してくるか、懸けてみることにした。ただの思い付きで、わしが力になる、と言っただけなのかもしれない。

文左衛門が食事を終えて、くつろいでいるとき、佐助が神妙な顔つきで「足軽の長老に、ちと訊ねたいことがある。教えてくだされ」と言った。

「何だ、佐助殿、先ほどとは人が変わったようなお顔をなさっているが」と、文左衛門は佐助のあまりの変わりように少し茶化してみせた。

「文左衛門さん、先ほど、わしが大きくなったら侍になる、と言ったのは夢でもないのだ。家業の農業をする両親を側で見ていて、もっと楽な生活をさせてやりたいと思うようになった。秀吉様がお手本なんじゃ」

「なるほど。百姓をしている若者は、物足りんじゃろう。わしももっと若けりゃ、武士を目指したかもしれん。佐助さんの気持ちも十分に分かる」

「足軽の長老に理解してもらって嬉しいよ。ところで、この戦国の時代を文左衛門さんは、いかに思われるか？」

「わしは、本来戦が好きでない。同じ百姓の足軽が、戦場で戦うのが辛い。分かるだろ

郵便はがき

料金受取人払郵便

新宿局承認

2524

差出有効期間
2025年3月
31日まで
(切手不要)

160-8791

141

東京都新宿区新宿1－10－1

(株)文芸社

愛読者カード係 行

<table>
<tr><td>ふりがな
お名前</td><td colspan="3"></td><td>明治 大正
昭和 平成 年生 歳</td></tr>
<tr><td>ふりがな
ご住所</td><td colspan="3">□□□-□□□□</td><td>性別
男・女</td></tr>
<tr><td>お電話
番号</td><td>(書籍ご注文の際に必要です)</td><td>ご職業</td><td colspan="2"></td></tr>
<tr><td>E-mail</td><td colspan="4"></td></tr>
<tr><td colspan="3">ご購読雑誌(複数可)</td><td colspan="2">ご購読新聞
新聞</td></tr>
<tr><td colspan="5">最近読んでおもしろかった本や今後、とりあげてほしいテーマをお教えください。</td></tr>
<tr><td colspan="5">ご自分の研究成果や経験、お考え等を出版してみたいというお気持ちはありますか。
ある ない 内容・テーマ( )</td></tr>
<tr><td colspan="5">現在完成した作品をお持ちですか。
ある ない ジャンル・原稿量( )</td></tr>
</table>

書　名					
お買上 書　店	都道 府県	市区 郡	書店名		書店
			ご購入日	年　月　日	

本書をどこでお知りになりましたか?

1.書店店頭　2.知人にすすめられて　3.インターネット(サイト名　　　　　　　)

4.DMハガキ　5.広告、記事を見て(新聞、雑誌名　　　　　　　)

上の質問に関連して、ご購入の決め手となったのは?

1.タイトル　2.著者　3.内容　4.カバーデザイン　5.帯

その他ご自由にお書きください。

(　　　　　　　　　　　　　　　　　　　　　　　　　　　　)

本書についてのご意見、ご感想をお聞かせください。

①内容について

②カバー、タイトル、帯について

弊社Webサイトからもご意見、ご感想をお寄せいただけます。

ご協力ありがとうございました。

※お寄せいただいたご意見、ご感想は新聞広告等で匿名にて使わせていただくことがあります。

※お客様の個人情報は、小社からの連絡のみに使用します。社外に提供することは一切ありません。

う？　米作りの苦労を百姓は何も語らなくても分かるから、どうして敵、味方に分かれて戦わなくてはならんのか。わしは槍を持っているが、戦場で相手に槍を突くときに、躊躇することがある。相手にも妻や子がいる身だから、頭をよぎるのだよ」

「文左衛門さん、どうしたら、戦がなくなる世になりますか？」

「それは、日本国を早く治めてくれる偉い人が現れることじゃ」

「それならなぜ、諸国大名は自分の領地を広げるために相手の国を攻めるんじゃ。話し合いができないのか？　お互いが話をして自分の領地を確定することができれば、争いが生まれないのじゃないか、文左衛門さん」

「武士社会が続くと、力の強い者がより一層その力を試したくなる。天皇の権威が落ちたので、考えを同じにする大名が天皇を支える姿が望ましいと思う。ただ、今は武力で勢力図を塗り替えることしか思いが至っていない」

「文左衛門さんが言うように、戦国の時代でわしらが知っている身近な武将たちで、信長様、家康様が、お互い協力すれば争いの芽を少しでも摘んでいけるが、どうですかね」

「信長様と家康様は、幼馴染みと聞いているが、信長様が兄貴分じゃ。あの方は少し我が強いみたいで、なんでもわしが一番というお方だ。もう少し大人の考えを持ったお人柄なら、他の諸大名も付いてくると思うがのう。佐助殿、そなたが武士になると申されたが、百姓からの近道は、戦場でまず手柄を立てて、皆の衆に認めてもらうことじゃ。秀吉様が足軽から武士に引き立てられた時代とは、今は異なる。でも、諦めなさるな」

「文左衛門さん、ありがとうございました。勇気百倍の気持ちです。明日の行軍に備えて、ゆっくりと休んでくだされ」

佐助は文左衛門と話し込んで、何かを得たような顔つきで一礼をして、その場を離れた。明日は、姫路城までの行軍で山陽道を真っすぐ駆け抜ける道程だ。文左衛門はその晩、久しぶりにぐっすり眠ることができた。寝床の部屋の障子が少し開いていた。早朝は城の周りには薄い靄がかかっていて、小高い地に築かれた城の特徴を目にすることができた。城を見ながら、ふと班長が昨日、言っていたことを思い出した。「わが部隊が先陣を切って姫路城にたどり着くのだ。さすれば、秀吉様から、わが城主にねぎらいの一言と、顔を売ることができる」と。そして「伊賀の山城の存在もしっかり覚えてもらうことができる」と。

文左衛門が目を覚ましたときは、隣で寝ていた庄作からは寝息が聞こえていた。寝顔を見ると、まだ夢の中という寝姿でいたので、このまま目が覚めるまで、そっとしておこうと思い、一人で物音を立てぬよう、朝靄の立つ庭に出た。

文左衛門は農民の出だから朝起きは早い。ひと働きしてから朝の食事を摂るのが定番だ。三木城は秀吉様の配下に入るまで抵抗をしていて、早期に降伏させる手段として兵糧攻めをしたと聞いていた。農民の立場から考えると米は命の源であるから、食料の備蓄がなくなれば、城を守る衆たちも力が尽きる。

だからどこの城主も、米を作る農民を大事にして武士の次に扱ってくれるのはありがたいが、米の取り立てが厳しく、農民たちが日頃食べる主食は、米に稗、粟を少し交ぜた飯を喰らっている。

戦ともなれば、農業が忙しくない時期には足軽として、戦場に駆り出されるので、文左衛門も戦のない平穏な時代が来ることを、農民仲間で語らっている。

一人、物思いにふけっていると、庄作が目をこすりながら庭に出てきた。

「眠れましたか？」と、文左衛門に挨拶代わりに聞いた。

「長旅の疲れで、死んだように眠ったよ」

「班長が言っていたが、姫路までの山陽道は、平たんな道が続き、四里ほど歩くと左手方向に海が見えるらしい。わしはこれまで海を見たことがないから、どんなんかのう」と、これから目指す道の先を見た。

「わしも初めてじゃ」と、文左衛門が相槌を打った。そして「お前さんは湖南に住んでいるから、湖は知っているだろう。子供のころ、あれが海だと思っていたよ」。

「風のない日は、湖面が鏡のように輝いていたね。海は違いがあるのか」と庄作が聞くと、

「見るのが楽しみじゃね」と応えた。そして文左衛門たちが、これから向かう姫路城について「庄作、お前さんは班長から何か聞いてるか?」と訊ねた。

「何が?」

「姫路城の領主様とか、どんな城とか、秀吉様にまつわることなど、なんでも構わん」

「わしが直接足軽大将から聞いたわけじゃないが、班長の彦次郎は明日各部隊が揃ったら、軍議が開かれると言っていたらしい。足軽大将は武士と言っても過言じゃない身分だから、それは確かな情報だよ。姫路城には秀吉様の配下で、城の領主でもある黒田官兵衛と言う軍師がいるらしい。なにぶん、戦の戦略に長けていて、秀吉様もたいそう気に入っておられるそうだ」

「黒田官兵衛か、いい名前だね」

「それに気前もよく、秀吉様にぞっこん入れ込んでいて、姫路の城も自由に使って播磨や中国地方の平定に利用してほしいと申し入れたそうだ」

「秀吉様にはお目にかかったことはないが、人づてに聞いた話では、喜怒哀楽が強く表情に出るそうな。きっと官兵衛殿の申し入れは、宙にも舞い上がる気持ちであろう、と想像できる」

庄作は、文左衛門が官兵衛について興味ありげな素振りを見せたので、彦次郎から聞いた中国地方の強大な勢力について手振りを交えて話し始めた。

「中国地方一帯は、毛利殿の配下で大軍を組織していて、信長様の天下平定に協力させるには、荷が重過ぎると足軽大将が言っておられたそうだ」

「それじゃ、どうして今回は、備中攻略を始めるのか？」

「備中が中国地方の入り口にあるからだよ。まずは、そこを落とすことが重要なんだ」

「なるほど、合点がいきました。先ほどの黒田官兵衛殿の腕の見せどころか。それにしても庄作は何でも知っているね」

庄作は少し照れながら「みんな、彦次郎さんからの情報ですよ」と言った。

「わしは、官兵衛殿の顔を拝んでみたいよ」

「わしらの到着を今か今かと待ち望んでいなさるから、一番乗りが目につくから、おいらの城主様も無理して長い道程を急がれるのじゃ」

「でも、秀吉様の本隊より先に姫路城に入るのは、よくなかろう?」

「名誉の入場と言うこともあるから、わが城主様も気配りをなさろう」

二人が話し込んでいる間に、城内の動きが騒がしくなってきて、城で働く女たちが朝飯の支度で右往左往していた。

ここからは、三木城の兵も合流して姫路に向かう。秀吉様が播磨をほぼ配下に引き入れたので、山陽道の途中からも合流があり、行軍の部隊が徐々に膨らんできた。文左衛門たちの伊賀の部隊が、先陣を切って西に向かった。

昨晩は十分な睡眠を取り、元気いっぱいに足取りも軽く、静かな行進が長く続いた。街道の農夫や町人たちも何事が起きたか、わけも知らずただ行軍を眺めているだけだった。

文左衛門が歩く先に、一人の農夫が牛車を引き行軍に道を阻まれて立ち止まっていた。荷には藁が積んであった。足軽の先頭を歩いていた庄作が、気を利かせて行軍を止めて、農夫と牛車を先に通させた。

戦場への行軍中は、部隊を止めることは、ご法度であるのは庄作も承知しており、でも長い隊列の通過を待たせるのも辛かろうとの思いから、独断で判断したことであった。

心配した文左衛門が、庄作に向かって「大丈夫か?」と念を押した。

「わしのことは案ずるな。足軽大将からのお叱りは、わし一人でお受けするから」

牛車の通過を少し後方で見ていた大将は、庄作に歩み寄り「大儀じゃ」の一言を残し引き下がった。

山陽道の街道は、平野が一面に広がり稲作が盛んで、文左衛門は情景を目にするだけで湖南の村で世話になった平治さんや、志乃さんたちを思い出していた。

班長の彦次郎が「後一里(約四キロ)ほどで休息する寺に着く、もう少しの辛抱だ」と、檄を飛ばしながら、後方に向け伝令した。文左衛門も水を口に含みたかったが、彦次郎の一言で我慢することにした。水はめいめい竹筒に入れて腰に下げているが、行軍中は歩行の妨げになるので自粛する習わしになっている。

文左衛門は、手に持っている槍の重さが気になり、右手から左手に持ち替えたりして、気分転換を図りながら姫路の城下が近づくのが待ち遠しかった。

城下の手前の寺で休息を取ることになり、境内の石畳に腰を下ろし、腰にぶら下げている布で額の汗をぬぐった。両手を天に向けて背伸びをしていると、「どうなさった?」と、庄作が彦次郎を伴って側へやってきた。「文左衛門さん、播磨の田んぼの匂いは、いかがですか?」と、彦次郎が聞く。

「わしには区別がつかんよ」

「米作りを長くやっておられるお方は、何か差が分かるか聞いてみただけじゃ」

「区別が分かるのは、飯を食べてみんと分からん」

「それじゃ、今晩、城で喰らう飯で、差があるか教えておくれ」

「お安いご用だ」

一休みしていると、足軽大将から伝令が来た。「姫路城までは、後少しだ。城内に入場するに当たり、装備と身なりをもう一度改めよ」ということであった。

彦次郎が伝令の意味を説明した。「秀吉様の大部隊が先に到着して、われらの部隊を迎えてくださるのじゃ。だから、ふしだらな姿をお見せするわけにはいかない」というのが伊賀の城主様の考えだった。

先ほどまで伊賀の部隊が先陣を切って、姫路城に入ると聞いていたが、やはり秀吉様の本隊に譲ることにしたみたいだ。

彦次郎が「文左衛門殿、そこに立ってみなされ」と、起立を促した。

文左衛門は「お主は、わしの戦装束を試しておるか？」と、は、は、は、と大笑いして彦次郎の顔をじっと見た。彦次郎も目を細め大きな口を開けて笑った。

素に戻った二人は、周囲をぐるりと見渡し、足軽大将からの伝令が守られているか目視した。

「姫路城まで、後どれほどかのう」

彦次郎が「わしも播磨は初めてじゃから、土地勘がない。でも、これまで歩いてきた時間から察すると、後二里（約八キロ）ほどじゃないか。文左衛門殿、気が付きませんか？ここの寺に来る道中で、人の往来や農家や屋敷が多くなったのを」と聞いてきた。

「そう言われると、なるほどな」と、両手を打った。

「城で秀吉様が出迎えてくれるかのう？　わしには天の人みたいだから、一度顔を拝みたいもんじゃ。それが叶わぬときは、官兵衛殿でもよい、軍師の目を見たいのよ。人は目にその人の全てが映っているから、わしには優れものかどうか分かるんじゃ」

すると彦次郎が「文左衛門さん、大殿の秀吉様は奥の間にどっしり構えていなさるから無理じゃ。黒田官兵衛殿は、いかがしたものか、遠方から来てくれた同志を迎えてくれるかもしれん」と言った。

程なくして、文左衛門が彦次郎に同じことを聞いた。

「姫路城まで、後どれほどかのう」

彦次郎は怪訝な顔をして「先ほども同じことを聞いたじゃないか」「ああ、そうだったか」と、とぼけていた。

その時、彦次郎は何か変だと気づいていたが、文左衛門に直接意見を言うことを避けた。側にいた庄作が「姫路の城は、立派な城か？」。

「伊賀を出立するとき、足軽大将が言うには、小さな城で黒田官兵衛殿が城主であるらしい。海が近くで、山陽道にも通じている立地で、中国地方に睨みを利かすに最適な場所らしい。秀吉様も気に入ってなさると聞いた」

庄作が若い者の発想で「官兵衛さんも気が利くね、姫路城を秀吉様に自由に使ってもらい、秀吉様の懐に入り込もうと考えているのかね？」「おいおい、そのように勘繰るでない。官兵衛殿は秀吉様の力を信じてなさる人だ」と、庄作をたしなめた。

姫路城への行軍が続いた。大きな河川を渡ると、城下の賑わいを少しずつ肌で感じるようになった。すると、足軽大将が先頭までやってきて、ここから先頭部隊に足軽鉄砲隊を加えるという指示が出た。文左衛門たちの槍部隊が立ち止まっている間に、五十名ほどの鉄砲隊が先頭に出て入れ替わった。

足軽大将は特に理由を説明しなかったが、彦次郎には分かっていた。それは城に入場するとき、勇ましく映るからだ、と。

伊賀の部隊が城に入るころには、まだ陽が落ちていなかったので、姫路城の大手門前には官兵衛殿の配下の武士たちが出迎えてくれた。初めて見た城は、彦次郎が言っていたように、こぢんまりした城であったが、城門をくぐるといくつもの堀があり、その内側に広い場所が広がっていた。今日中に、ここに秀吉様の配下の友軍から約三万の兵が集まるらしい。

備中の、これから攻略する敵方の城までは約二十里（約八十キロ）ほどの地に、今身を置いていることに、文左衛門は戦の前の緊張が走った。

姫路城内で官兵衛殿の皆の衆が、遠来からの秀吉様配下の部隊に、できるだけのおもてなしをしてくださった。伊賀の城を出てから強行軍の日程で、休む時間や食べる物も大して口にしていないから、配膳された食事を見て、庄作や彦次郎も目を丸くして、早く食べたくて喉を鳴らして部隊長からの一声を待っていた。

文左衛門がしばし待っている間に、庄作に聞いた。

「お主の家族は何人じゃ？」

「わしの家は父、母と弟二人と妹がいます。男たちは足軽には奉公せず、家の野良仕事を手伝っています」

「文左衛門さん、どうして今頃そんなことを聞きなさる？　何か思い出されましたか？」

「いや、わしにも子供がいたか思案していたところじゃ」

そんな二人の会話を聞いていた彦次郎が「心配なさるな、文左衛門さん。これからの戦で鉄砲の弾が体をかすめたときに、衝撃で記憶が蘇るかもしれませんぞ。案ずるな、案ずるな」と、食事前の場を和ませた。

庄作が配膳された焼き物を見て「この魚は何と言う名前かのう」と隣に座っている文左衛門に聞いた。「わしも海の魚は詳しくないが、多分アジかサバと言う魚ではないか」と、あいまいな返事をした。たまたま配膳のため、食事処の女が側を通ったので訊ねた。

女が「これは姫路の海で獲れたアジと言う魚です」と教えてくれ、「ありがとう」と庄作が礼を述べた。女は若い庄作に向かって笑みを浮かべてその場を去った。

「姫路城は、いい立地に築城されていますね。城の周囲は田畑が広がり、近くに海があり城の背後には、山野が広がる戦略的な土地だ。黒田官兵衛殿もここが気に入って、秀吉様にお使いくだされ、と進言されたと思う」と、彦次郎は推察してみせた。そして配膳された食事を見ながら「気に召されたか？」と、食事にくぎ付けになっている文左衛門に同意を求めた。

「ごもっとも」と答えるだけだった。

今回は、三万を超す大部隊の食事の世話を焼く女性たちを城下から集めるのに苦労をしたと聞く。城の周囲は播磨の米どころで、農家からは特別に拠出してもらったらしい。城を取り巻くように堀が巡らしてあり、官兵衛殿の知恵が至る所に施されていた。

秀吉様の家臣や配下の殿たちが奥の間に集まり、軍議が開かれたのは、酉の刻の下刻（約七時）近くになってからだった。官兵衛殿が秀吉総大将の側にいて、軍議の子細を取り仕切っており、配下の諸大名の備中高松城への攻略の陣地を割り当てた。

この時には、事前に備中まで忍びをすでに派遣していて、軍議に間に合うように速足で何人かの忍びを繋いで姫路城まで持ち帰り、相手の高松城の守りの情報がもたらされていた。

忍びの報告では、高松城の周辺は湿地帯で城の近くには河川があり、城からは見晴らしの良い平地が広がり、攻めるには相手からこちらの陣が丸見えになるとのことがもたらされた。

伊賀の部隊は城の正面右が指定された。この時の軍議で、官兵衛殿より、攻略が長引く恐れがあるかもしれないから、体力の維持に努められよ、と特別に指示があった。

軍議の内容は、足軽たちが知る由もない。が一方で、明日からは敵陣目がけて行進を続ける文左衛門たちの間にも、緊張した空気が張り詰めていた。

彦次郎が教えてくれた。

「備中高松城までの行軍は約二十里（八十キロ）ほどで、途中播磨の国境で休息を取り、相手陣地まで街道筋の様子を見ながら緩やかな歩行を続けるらしい」

話を聞いていた庄作が急に思い出したように「先ほど食べた魚、アジは旨かったなあ」と満面の笑みで彦次郎に話し、「わしらの国ではお目にかかれない上物だ。戦が終わり家に帰ったら家族に自慢する。彦次郎殿も初めてだろう？」と言った。

すると文左衛門が「もう一度言ってみろ、あの魚の名前」「アジ」とそっけなく庄作が言った。庄作が文左衛門の顔を覗き込んで、この人、分かってんのかな、と言うように頭を少し斜めに振った。

文左衛門はあたかも最初から知っていたという仕草で二度、三度頭を縦に振り「そうだった。アジだったね」と独り言をつぶやいた。

備中高松城攻めでの思わぬ策略

翌朝、三万の大部隊は備中に入り、高松城を取り巻く湿地帯まで軍を進め、昨日軍議で持ち場が決められた場所で陣を構えた。伊賀の城主の陣は、城の正面右手だ。まだ敵の城までは半里（約二キロ）ぐらいあった。

部隊が陣を構えたころは、すでに夕刻で辺りは暗く、忍びの報告では、城の動静は静かで物音一つしなかったということだった。

多分、敵の城内では、秀吉様の大軍が城の周囲を取り囲んでいることに気が付いていないらしい。

軍師官兵衛は、敵方にこちらの動静を知られないような慎重な軍勢の配備に気を配った。

明日の朝、陣を少しずつ城に向かって四方から狭めていくので、今夜は体を休めるようにとの伝令が文左衛門たちに来た。そして明かりは、絶対点さないことが厳命された。

文左衛門たちも、その夜は野営の支度をして、明日に備えた。行軍中担いできた荷物を枕にして横になっていると、薄明かりの中で庄作が側にやってきた。

「文左衛門さん、明日から戦が始まるよ。怖くないですか？」と、少しびびった声で話し掛けてきた。

「わしも命が惜しいでのう。本当は、戦はしたくない。静かな世の中で、農民は田畑に精を出したいですよ。庄作さんは若いから戦は嫌いでなかろう？」

「とんでもねえ、わしも好きじゃない。生活のためじゃやから」

「この大軍を見たら、相手は腰を抜かすんじゃないか」と、文左衛門が力の差を認めたら、城を明け渡すのではないかと推測して庄作に、「案ずるな」と言った。

「明日のために寝るとするか」と庄作に促し、二人は静かになった。

足軽たちの朝は早い。農作業で卯の刻（約午前五時〜七時）には、すでに体を動かしているから、戦場でも早起きが癖になっている。ザワザワと、周囲が騒がしくなっていた。

早い足軽は寅の刻（約午前四時）には、すでに飯の支度をしている人もいて、各部隊は煙が立たぬような場所を見つけて、飯の支度を始めていた。戦場での鉄則は早飯で、皆、握り飯を立ったまま口に入れていた。

城の裏手で、敵方と小競り合いが始まったらしい。城内は秀吉軍が攻めてきたことを察知して守りを固めていた。

そして、ついに全方位で城の城門を破るための戦が始まった。戦況は城の大手門正面から後方にある秀吉の本陣で、黒田官兵衛が上がってくる情報を聞きながら、部隊に指示を出している。

備中高松城の城主の清水宗治は、秀吉軍の大軍の規模を把握して、城の外で戦うのは得策でないと判断して、籠城を決め込んでいた。時を稼ぎ毛利軍からの援軍に期待して、夜中に忍びを発出するが、先方に届いたかは定かでない。毛利軍も高松城に援軍を送る態勢が、まだできていないので、できることなら穏便に城を明け渡す方策も考えていた。

両軍が睨み合ってから数日が過ぎ、官兵衛が秀吉様に一つの提案をした。

高松城の立地が湿地帯であるのに目を付け、これを生かして城を水攻めにすることだった。以前にも他の城を攻略するのに兵糧攻めを行ったこともあるものの、秀吉様が了承するか自信がなかった。なぜなら秀吉様が農家の出で、喰い物のことには関心が高かったからである。

それでも秀吉は即決して、城の周囲一里半（約六キロ）に土手を作るため、備中の地元の農民に破格の給金を提示して人集めをした。伊賀の足軽大将からも伝令が来た。足軽たちも、地元の農民たちと一緒に土手作りに駆り出された。来る日も来る日も土との戦いが続いた。

庄作と一緒に袋に土を詰めていた文左衛門が「庄作さん、野良仕事の方が楽だね」と、ささやいた。庄作も「わしも同感だ。腕と腰が痛いよ。農作業とは異なる動作だからか。でも、この作業はいつまで続くかね」。

それでも足軽たちは、黙々と袋詰めを作っていた。この季節は梅雨で雨の日も多く、城の近くを流れる河川も水かさが増していた。昼夜を問わず突貫工事で堤防が完成した。

官兵衛の号令で、土手の内側に川の水を引き入れて、城が見る見るうちに水没していくのが分かった。今まで城の周囲の田んぼ一面が青く茂っていたが、時間とともに水面下となって行く様を足軽たちは、苦痛の面持ちで眺めていた。中には涙して目頭をぬぐっている足軽もいた。文左衛門もそんな中の一人であった。百姓の気持ちは田んぼの土作りから収穫まで、手塩にかけてきた命の次に大事なものだから、悲しい気持ちは言葉にしなくとも分かり合えた。

「これが戦か」と庄作がつぶやいた。庄作にとって槍や鉄砲での戦ではなく、城の水攻めは初めてだった。

文左衛門は変わりゆく高松城の姿を見て「これでは、鼠一匹城外には出られまい」と、勝負の行方と別に、複雑な心境を口にした。

城内の米は、そろそろ底をつくころ、高松城の様子を忍びからの報告で聞いていた毛利勢が、打開のために動き出した。毛利は一人の使者を秀吉の本陣に向けた。

遠巻きから城の姿を見て、城に籠城している城主を説得する策を提案したらしい。

文左衛門たちの足軽には、堤防が出来上がって安堵したばかりで、本陣で何が話し合われているか雲の上のことは全く別世界だった。

次の指示を待って、くつろいでいたところに彦次郎がやってきた。

「堤防作り、ご苦労であった。伊賀の城主様が部隊の皆の衆に、大儀であった、と伝えられよと申された。文左衛門さんは年だから堪えたであろう。おい、庄作、肩でも揉んであげよ」

「わしは大丈夫だ」と、手を左右に振って遠慮した。

しばらく経ったころ、黒田官兵衛が使者を伴って堤防の上までやってきた。一艘の小舟に毛利の使者が乗り、手漕ぎで城に向かったのを見届けた。堤防の完成で疲れた体を休めていた足軽や地元の農民たちは、船の行く先を見送りながら、何が起こるのか心配そうな面持ちで眺めていた。

官兵衛や秀吉の家臣たちが、使者の持ち帰る情報を懐疑的な様子で待っているときに、京の動きを観察していた忍びが息を切ったような形相で、本陣に入ってきて、家臣に文が入った筒を渡した。そして「秀吉様へ」と一言述べた後、その場に倒れ込んだ。

急な知らせに違いないと感じた家臣は、陣の奥で椅子に腰掛けてくつろいでいた官兵衛に「都からの使者よりでございます」と手渡した。すぐさま官兵衛は、その文を秀吉に渡した。

すると秀吉は、文の全てを読み終わらないうちに椅子から立ち上がり、陣のさらに奥で人目が付かない薄暗い場所で声にならない嗚咽を続けた後、悔しさをにじませ奥歯を噛みしめ、さらに眉間に皺を寄せてじっと耐えていた。そして「官兵衛」と大きな声で叫んだ。

官兵衛が秀吉の前に出て、そのただ事とは思えない表情から何かの異変を察知したように跪くと、殿が官兵衛の肩を持って自分の方へ少し引き寄せ、小さな声で「信長様が討たれた」と、ささやいた。

官兵衛は己の目を見開いて「相手は誰ですか」と尋ねた。

「明智光秀だ」と言うと、二人はしばし声をなくしていた。

「官兵衛、このことは誰にも漏らすでない。まず毛利の使者との間で和睦せい。わしらは京に引き返す。いいか」と指示を与えた。

官兵衛は殿の胸の内が分かった。信長様の「天下布武」と唱えた天下統一を夢に見て、励んできた人生が一変しようとしている。官兵衛も秀吉様を支える一人として、目の前の殿の気持ちがよく分かる。

官兵衛は信頼のおける家臣を集め、「毛利の使者が高松城の城主を説得しているが、わしが残り結果を見届けるので、お主たちは姫路城まで殿と一緒に早走りしてくれ」と早口で命じた。

秀吉の部隊は、高松城の籠城している敵の相手側に知られないように、夜半に備中を出て姫路城を目指した。

伊賀の部隊も、秀吉様配下の隊列について東に向かった。このとき何も知らされず姫路城に戻るという指示に、文左衛門たちも様子をのみ込む術もまだなかった。

庄作が「前方を行く部隊の歩みがいつもより速いが、どうかしたかね」と、いぶかしげに言った。

「分からんが、ついて行くだけじゃ、そのうち分かるだろう。庄作さん、足は大丈夫か」と、かえって若者を気遣う余裕があった。

暗闇の中を速足で歩くのは、昼間の二、三倍は足に疲労が来る。街道は平たんではなく波を打っているから、余計な神経を使う。伊賀の部隊は、行軍中は私語がご法度であったが、今回の備中からの姫路城までの行程は、時間が優先されて私語のお咎めはなかった。

秀吉様の軍勢は先陣を切って、歩くというより駆け足に近い速度であった。秀吉様の頭の中は、ただ「光秀憎し」ということで満たされ、余計な思考は無用であったようだ。とりあえず姫路城下までは、無我夢中で駆け抜けた。この時点では、家中の兵たちも何も知らされていないので、ただただ先頭の隊列に遅れないように、付いていくのが精一杯だった。

足軽は槍や鉄砲を手にそれぞれ持っているから、早歩きは足が棒になるぐらいで、くたくたの様相で姫路城に帰ってきた。

ここで始めて、殿からの伝令が伝えられた。「皆、大儀であった。次の沙汰があるまでゆっくりと休まれよ」ということであった。

このとき秀吉は、官兵衛が備中に残り、毛利方との和議の調えに行くのも気になっていたが、それよりも謀反の張本人である明智光秀を早期に成敗することで頭がいっぱいで、これから先の京までの道程を思案していた。このときの秀吉には「なぜ、光秀が謀反を起こしたのか」、その理由を詮索する余裕すら持ち合わせていなかった。京の忍びからもたらされる最新の情報で、光秀がどこにいるかが、これからの戦術で役立つので、刻々と集まる情報を家臣たちと共有した。

やっとの思いで伊賀の軍勢も、へとへとになりながら姫路城に入った。

文左衛門が「水をくれ」と、庄作にかすれ声で頼んだ。

「承知した。ここで待っておれ」と言い残し、城内へ消えていった。

しばらくして、庄作が竹筒を抱きかかえるようにして文左衛門の元へ戻ってきた。

「すまんのう」と、一言言って、竹筒から一気飲みした。

「天国じゃ、姫路の水は旨いのう。お前さんも飲みなされ」と竹筒を庄作に手渡した。

周りを見渡すと、他の足軽たちも死んだように横になっていた。

彦次郎が二人の休んでいるところにやってきて、足軽大将からの情報だとして、小声で「黒田官兵衛殿が備中から戻ってこられたら、軍議を開きなさるそうだ。なにぶん、秀吉様はいらいらされている様子で、じっと何かを堪えているように一点を見つめておられるようだ」とだけ伝え、これから先の事には何も語らなかった。

歴史の分岐点で戸惑いつつ戦いを経て

やがて、半日ぐらい経ったころ、官兵衛が戻ってきた。顔の表情は安堵したような面持ちで、急ぎ秀吉様が控える奥の間に消えていった。

備中高松城の顛末を聞いた秀吉は、これまでの思いつめたような目つきから一転、少し和らいだ表情を見せ、官兵衛に「京に張り巡らしている忍びたちから情報を集め、わが軍勢の体力の回復を待って京を目指そう」と檄を飛ばした。

忍びがもたらした情報では、光秀の軍勢はまだ京に留まって、友軍を集めているということで、備中に駆り出された秀吉の軍勢が京に向かっていることなど、眼中になかった。

姫路城で休養を取り、軍勢を立て直した秀吉は、ゆっくりした歩調で姫路城を後にした。

文左衛門は、自分たちが東に向かって速足で歩いていることだけは、はっきりと認識していた。途中、三木城には立ち寄らず、摂津方面に向かうようだ。十里（四十キロ）ほど行軍を続けたところで、文左衛門たちは、お寺の門前で休息を取った。東に向かう秀吉の軍勢は、友軍も増えて、約四万人までに増えていた。これには秀吉の諸国の領主への調略がうまくいき、勝ち馬に乗る時世が味方していたからだった。

彦次郎が伊賀の城主様からの情報として「これから京に上り明智光秀を討つ」と、びっくりするような話をした。彦次郎の顔は、いたって平静で、伝言だけを皆に伝えた。

「本当か？　彦次郎殿」と、文左衛門と庄作は、同時に口を揃えて問うた。

「京の信長様が、本能寺で明智光秀の謀反で討ち死になされたのだ」と、討ち死にされたというくだりを話すとき、彦次郎の声も上ずっていて、目元にはうっすらと涙がにじんでいた。

これで二人は、備中からとんぼ返りしてきた理由がのみ込めた。

しばらくの間、庄作と文左衛門は頭を下げていた。二人の間に沈黙の時間が過ぎていった。特に文左衛門は長い間、信長様の配下でいずれ天下人になるお方であると信じてきたことから、悔しい思いがしていた。

彦次郎は、二人の姿を見て、「案ずるな。われらが天下人になるのじゃ。憎き光秀を討伐する。よいか？」と深く沈み込んでいる二人に、勇気を出すよう促した。続けて、「先陣を切って、京にいる光秀を討ち滅ぼすことが、信長様家臣の中での後継者を、世に知らしめすことが大事なのだ。官兵衛殿もわが殿も、そのことを承知だから兵を反転して京に向かっているのだ」と、彦次郎は激励した。

文左衛門が「乱世の世は忙しいのう。わしは早く静かな日々を送りたいよ。野良仕事が一番だ。庄作さんはそうは思わんか？」。

「わしも父、母を安心させたいよ」と、言葉を被せた。

庄作の口から父、母という言葉を聞くに及んで、文左衛門は急に何かを思いついたように「わしにも年老いた父や母がおるんじゃ。早く家に帰りたいのう」と言った。

「文左衛門さん、お前さんの家を思い出しましたか？」と、庄作は記憶が蘇ったのではないかと思い、文左衛門を覗き込むようにして聞いた。

「いや、父や母のことがよぎっただけじゃ。わしの家はどこにあるか、いまだに思い出せない。お前さんと約束したが、この戦が終わったら一緒に湖南地方から草津方面まで隈なく歩くのが楽しみだ」と応えた。

三人が寺の門前で座り込んで、話をしているときに、伝令が来た。

「間もなく出立する。摂津から京に入り西に向かう」と告げた。

張り詰めた空気が流れ、三人はそれぞれの持ち場に帰った。

京の都が近づくに従い、秀吉様が周囲に張り巡らしていた忍びの者たちから、明智光秀の軍勢の居場所が報告されて、官兵衛が相手側に、こちらの動静を知られないようにして、相手を遠巻きに包囲する陣営に指示を出した。伊賀の部隊は、秀吉様の騎馬軍団の後についてゆっくりとした歩調で進んだ。

京の西方面に詳しい仲間の足軽が「わしは、この辺りに来たことがある。子供のころ、近所の悪ガキどもと一緒に、親に内緒で遠出してよく遊んだものだ。山崎と言う場所だ」と口を開いた。

先陣の騎馬隊から「進軍止まれ」の号令があり、われらの足軽部隊もその場に立ち止まった。

偵察に向かっていた少人数の突撃隊が、光秀の軍に出くわし、小競り合いが生じ、この事で四方に張り巡らしている兵が一斉に突撃した。伊賀の部隊も参加したが、光秀の軍勢は不意を突かれ、後退あるのみの様相で、大いに取り乱し、命令系統が台無しになっていた。

最初のころは、光秀軍も押されながらも応戦していたが、次第に攻めてきた軍勢が秀吉軍と知るや、形勢が不利と悟り、光秀軍は四方八方へと退散して、総崩れとなった。

秀吉軍は光秀を破ったものの、この先の展望を持ち合わせていなかった。

信長様の敵を討ち取ったことを、信長様家臣の諸国の領主が認め、秀吉を後継者とすることに同意するかは、未知数であった。

見果てぬ故郷への記憶を求めて

山崎の地で明智光秀を破り、当面の課題を成し遂げた黒田官兵衛殿は、四方に散らばっていた諸般の軍勢を見舞い、秀吉様からのねぎらいの言葉を伝えて、当の本人もいたって上機嫌で目的を遂行した達成感で胸がいっぱいの様子であった。この様子をじっと眺めていた文左衛門と庄作は、馬上の官兵衛殿を身近に見て、いたくご満悦であった。側で一緒に様子を見ていた彦次郎が、文左衛門と庄作に向かって「我々も早々に山城に戻り、体を休めるとしよう」と二人を労わった。

文左衛門たちの伊賀の軍勢は、勝手知ったる山道を、威勢よく帰路に就いた。他の足軽たちの面々も、無事に帰ってこられたことで皆、笑みがこぼれる表情をしていた。

山城では、留守居の年寄り侍や、女たちが一行をもてなす準備で忙しく、立ち振る舞っていた。謀反の張本人の光秀を破ったことで、信長様の敵を滅ぼした安堵感から、足軽を始め武士たちの表情は晴れ晴れとしていた。留守居を預かっていた年寄りや城内で働く女中たちから、伊賀の山中で変な武士たち一行と伊賀の部族が争ったらしい、という話が城内を駆け巡っていた。変な武士たち一行の中には、位の高い武将がいて、周囲を十数人の屈強な武士たちが警護していたということだ。

文左衛門たちも重い装束を解き、身軽になり仲間で談笑する輪がいくつもできていた。

文左衛門が頭をもたげると、そこには背丈が高く威厳を持った武将が通りかかり、文左衛門と目が合い言った。

「ご苦労であった。確か、先刻出立するときに会った、文左衛門だな。元気で何よりだ。皆も長い行軍で疲れたであろう。しかし、これからが本当の戦いなんだよ。信長様の後釜争いが勃発するかもしれん。三河の家康様の動静が不気味なんじゃ。信長様が京におられたときには、家康様は少人数の家来たちと、大坂の堺と言う町を見学していたそうだ。そして本能寺の変を聞きつけて、この場は一大事とばかり、伊賀の山中を駆けて三河にやっとの思いで逃げ帰ったと聞いている」

彦次郎が文左衛門に小声で「この武将は、どなたじゃ」と聞いた。

「山中仁と言う偉いお方じゃ」

武将の名を聞いた彦次郎は「山中殿、伺いますが、家康様は信長様の後釜争いに手を挙げますか?」と、訊ねた。

「難しい質問じゃのう。わしは、今回は信長様一家の跡目を誰にするかということだから、家康様は事の成り行きを静観されると思う」

「そうであってほしい」と、彦次郎は頭を下げた。

山中仁が去った後で、文左衛門は庄作の肩をポンポンと叩き「これから、わしの家を探しに行く前に、これまで世話になった湖南の平治さんの家に挨拶をしたい」と、庄作に言った。

庄作は「いいとも。わしも足軽班長の彦次郎に、会ってくる」と告げた。

城内で腹ごしらえを済ませた二人は、これからの道中を当てもなく歩くために、竹筒に水をいっぱい入れた。

二人は、まず湖南の平治の家を目指し歩き始めた。文左衛門が「今回戦に出掛けるとき、帰ってくるときは、大きな楠が目印だよ、と平治さんに何度も念を押された。目印は楠だ」と話した。

「あいよ、分かったよ」と、軽く庄作が返事した。

二人は親子ほどの年の差があるが、同じ足軽の身で相性が良かった。このたび文左衛門の記憶喪失で、自分の帰る家が分からないと聞くに及び、手助けを申し入れたのだった。道中で何かきっかけになる物が見つかれば大成功だ。

「ほら、あれが楠だ。もうすぐだ」

「でかい木だ。何百年も経っているのだろうね」と、庄作がつぶやいた。

そしてどうにか平治の家に着き、文左衛門がしばらくの間、玄関先で立ちすくんでいると、志乃さんが出てきて、何か怪しい人でも見るかのように、文左衛門の頭から足のつま先までをなめるように見て、「文左衛門さんじゃないかい」と一言言って、大きな声で「平治さん」と遠くまで聞こえる声を上げた。

その声を聞きつけた平治は、家の中から出てきて「楠が分かったかい。大儀だったね。ところで、隣の若いもんは誰だね？」と尋ねた。

戦の間、髭をはやしたままだったので、人相が変わっていた庄作を不思議そうに眺めていたので、文左衛門が「お前さんの知っている、この土地の庄作だよ。これからわしの家を探しに方々歩いてくれるのだよ」と伝えた。

「そうか、相棒ができて良かったね、早く見つかるといいね」と、平治は労った。

平治は「出掛ける前に茶でもどうかね。まずは中に上がりなさい」と強く勧めた。

庄作は軽くお辞儀をして、文左衛門の後に続いて土間に上がった。

奥の部屋に招かれた二人は、わが家にでも帰ってきたように目をきょろきょろさせて、部屋の隅々までを嘗め回すように見回していた。

平治が「戦はどうだった。でもご無事で良かった。何事もなかったかい」と、二人に訊ねた。

「とんでもない。大変なことが起きたんじゃ。平治さんたちは、まだ知らないと思うが」

そこまで言うと平治が「一大事か?」と、驚いたように言った。

「そうだ。信長様が、家臣の明智光秀に討たれたのじゃ」

「どこでじゃ」

平治は身を乗り出して、文左衛門の話に食い入るように聞いた。

「京の本能寺で謀反じゃ」

「秀吉様は、いかがなされた?」と、さらに身を乗り出した。

「備中の戦の途中で謀反を知り、速足で京までとんぼ返りをしたのよ。きつかったよ」と、戦の行程を思い出し言った。

「それは難儀だったね」

「秀吉様の大軍とわしらで、山崎の地で敵(かたき)を取った」

「光秀の首を取ったのか?」と、さらに言葉を継いだ。

「さあ、そこまでは、よく知らないが」と、文左衛門は言葉を濁した。

農民たちは、諸国で起こっている戦や、領内のことなど、何が起こっているか情報が伝わってくるのが遅いし、それらの情報が噂の場合が多くて、本当の事を知るのが困難であった。唯一事実と思える情報は、城内に勤めている武将や足軽の中でも上の位の人から伝えられることとしか信じられない。

平治が「これからのわしらの生活は、どうなるのかのう? どなたが国を治めるのか、心配じゃ」と、また戦国の世になることを心配していた。

そのころ、志乃が台所で忙しなく動いていた。文左衛門と庄作のために、握り飯を作っていたのだ。志乃が包みを二つ用意してくれて言った。

「道中、腹が減ったら食べておくれ。長い間、文左衛門さんが帰ってこないので、さぞ家族の方は心配しておられるだろう。早く見つかるといいが」

「何か記憶をたどるものが見つかるといいのですが、あぜ道を通り、小さな村まで隈なく探すつもりです」と、同道してきた庄作が決意を口にした。

「ところで、平治さんが最初に文左衛門さんと出会った場所まで、案内してくれませんか？　そこからが出発点で歩き始めます」

平治は「分かったよ、お安いご用だよ」と言い腰を上げた。そして庄作さんに「頼りにしているよ。文左衛門さんの面倒を見ておくれ」と、言い添えて励ました。

「わしも、文左衛門さんの家族が喜ぶ顔が見たいです」と庄作。

「庄作さん、道中で出会う農民に声を掛けて、文左衛門さんの知り合いの糸口を見つけるのがいい」

志乃が文左衛門と別れるのが寂しいが、反面、早く自分の家に辿り着けるのを、祈る気持ちで見送った。

三人は連れだって出掛けた。田んぼのあちこちからカエルの鳴き声がしていた。田んぼ一面には水が満たされ、稲が元気よく生育していた。

程なくして、田んぼのあぜ道の一角を指さして「ここだよ、文左衛門さんに会ったのは」と告げた。

平治が別れ際、「あっちが湖南で、左方向が西で草津方面だよ。庄作さん、あんたも迷子にならないでね」と言い、それぞれ握手をして別れた。

庄作が文左衛門に向かって「ここを覚えてなさるか？」と、念を押した。

「ここで、平治さんに声を掛けられたんじゃ。あれは、いつのことだったかのう」と、遠くを見るような目つきで何かを思い出していた。

「文左衛門殿、まず湖南に近い村から順に、しらみつぶしのようにあっちこっちに歩くことにしよう。疲れたら言っておくれ。わしは若いから長い時間歩くのに慣れているから」

「庄作さん、すまんのう。わしのために力を貸してくれて」

「そんなことは、どうでもよい。文左衛門殿は、わしの父親みたいな存在だから。親父からは、いつも年寄りを大事にしなさいと言われていましたから」

「良い教えだなあ」

「話は違うが、この前、武将の山中仁殿が、家康様が信長様の跡目争いには静観するだろう、とおっしゃっていたが、本当かのう。わしは家康様が何かを企んでいるような気がしてならない。あの方は幼少のころから、今川氏などへ人質に出され辛酸を嘗めてこられたから、常に世の中を斜めに見ておられるようじゃ。秀吉様も用心されるがいいと思うが、文左衛門さんは、いかが思う?」

「秀吉様とて同じ苦労人じゃから、皆が驚くような策を講じるような気がする」

「そうだね、備中高松城攻めでも、軍師の官兵衛殿が水攻め、という奇策をおやりになったから、見ものだね」

二人は何か記憶を蘇らせるような目印がないか、四方をきょろきょろしながら歩き続けた。朝早く平治さんの家を出てから、陽がすでに真上に来ていた。二人は疲れから言葉数も少なく、ただ黙々と歩き続けた。

庄作が「文左衛門さん、腹が減らんかね。ここらで少し休みませんか」と声を掛けた。

「そうだね。気が付かないで悪かったよ。わしは年寄りだから腹持ちが少しはいいんだよ」

周囲を見渡すと、農家はまばらに数軒が目に入るほどで、一面田んぼが広がっていた。田んぼには、この季節は梅雨で雨も降ったので水をたくさん含んでいた。

文左衛門が何かを思い出したように「わしの家の田も立派に育っているだろうか」と、ポツリと寂しそうに漏らした。

「ちょうど、この石が良い」と、座るに手ごろな石を見つけ、文左衛門に「座ってください」と勧めた。「いいのかい」と言いながら腰掛けた。

　庄作は、志乃が持たせてくれた握り飯の包みを開く前に、文左衛門に聞いた。

「先ほども家康様の動向を聞いたが、私はこの先が心配だよ。秀吉様は信長様の亡きあと、権力を引き継ぐことができなさるかね。信長様の古参の家臣が、このまま黙っていないでしょう。文左衛門さんはどう思われるか」

「確かに信長様の敵を討ち取ったが、これで安心とはいかないね。信長様の家臣には、秀吉様より強力な武将がいなさるからね。彼らは秀吉様のことを足軽のころからご存じで、軽く見ておられる節があろう」

　庄作は、文左衛門の話には満足せず、さらに先ほどの会話と同じように不安げに聞いた。

「三河の家康様は、どうなさっている？　このところ動静が静かで動きが伝わってこないね。少し不気味だよ。信長様は家康様の力量を評価なさっていたから。わしは彦次郎から噂を聞いたことがある」

「秀吉様も家康様の力をご存じのはず。だから味方になってくれる諸国の領主を上手に調略していなさる。足軽から信長様に見い出され、出世されたから、わしらの鑑じゃ。家康様は信長様の跡目争いとみて、今は動かないで、じっと様子を見ておられる立場じゃ」と、庄作を諭すように話した。

「わしはもう戦はごめんじゃ。わしは田畑を耕しているのが好きじゃ」

庄作は若者に似つかわしくない本音を吐いた。

「そうじゃのう。庄作さん、握り飯を食わんか」

二人は、飯を食べた後、しばらく陽を避けるために握り飯の包みを顔にのせて横たわっていた。

文左衛門は腹ごしらえも済んで、気持ちよくなり浅いイビキをかいていたので、庄作はしばらくの間そのままにしておいた。

しばらくして文左衛門が目を覚まし、「ここはどこだ」と聞いた。

「ご覧の通り田んぼのあぜ道じゃ」

文左衛門は四方を見渡して言った。

「いい気持ちだったよ」

「そりゃよかった。陽が落ちない間に、もう少し西の方まで歩きませんか」

「さあ行くか」と、文左衛門が重い腰を上げた。

さらに四里（約十六キロ）ほど歩いたところで、文左衛門が前方に盛り土の上にある墓石を見つけた。そして急に走り出した。

庄作が「どうした」と声を掛けた。振り向いた文左衛門の目が獣のように輝いていた。

「わしの爺さん、婆さんの墓だ」と叫んだ。盛り土の上まで駆け上がり、墓石を撫でるようにして「今帰ったよ」と涙声で言った。

「庄作さん、あれがわしの家だ！」

文左衛門が指をさした方向には、大きな門構えの農家があった。

文左衛門は先を急ぐように庄作の手を取り、門をくぐり大きな声で「わしだよ！　今帰ったよ」と叫んだ。

覚醒　再びの今、そしてこれから

武夫が目を覚ましたとき、寝汗をかいていた。

夢の中で戦国時代の映像を見ていたのだ。先ほどまでの物語の場面がだんだんと細切れになり、消えていくのを武夫は必死に繋ぎ留めようとするが、無理だった。ほんのテレビの冒頭の題字『どうする家康』だけが鮮明に残っていた。

寝不足の武夫は目をこすりながら、起きてきた。すると悠香が「今日は何曜日？」と決まり文句みたいな質問をしてきた。武夫は「またか」と思いながら、わざと「昨日が日曜日で『どうする家康』を一緒に見てたでしょう」と、本人に考えさせようと仕向けた。

そうすると「火曜日？」と、とんでもない回答がきた。

「違うでしょう。月曜日」と少し眉間に皺を寄せながら、めんどくさいように、言い放った。

そして「昨日はテレビの家康を夢の中で長い間見ていたから、ほとんど寝ていないよ」。

「どうして、夢にまで見るの？」と、不思議そうに問い掛けてきた。

「多分、昨日は寝る時に、いつもと違う姿勢で仰向きで胸に両手を乗せていたんだ」

「どうして、それがいけないの？　自然の寝姿じゃないの」

「いや、いつもは左向きに寝る癖がついているから。胃袋が下になり胃液が逆流しないと、聞いたことがあるから」

「そう言えば、いつも内科で逆流性食道炎になりにくい薬を処方してもらっていると言っていたね」

「どういうわけか夢の中で、伊賀の足軽が出てくるんだよね。そして秀吉の備中高松城攻めや光秀の謀反など、次から次へと物語の展開が開けるのよ。夢の力はすごいよ、すごい脚本力だと思う。突拍子もない登場人物が突如として出てくるんだ。夢ながら不思議だった」

そんな話を聞いていた悠香が、武夫に向かって「貴方は、夢の中の小説家になればいいよ」と、ふざけて言った。

「そうだ。今日は物忘れ外来で、薬の処方箋をもらいに行ってくる。先生に聞いてみるよ、六十日分の処方箋を出してくれるか。一カ月に一度行くのはめんどくさいからね」

悠香は、まるで他人事みたいに無関心の様子であった。

武夫はクリニックの空いていそうな時間帯を見計らって十時半ごろに行くことにした。その時間帯が、ちょうどクリニックの朝一番の患者さんたちが一巡したころだろうと計算したからだ。

クリニックには、まだ四人ほどが待合室にいた。患者の付き添いらしい人を除くと三名と睨み、待合室の血圧計の前に座った。普段から行きつけの内科で血圧は測定しているので、時間つぶし感覚で測ると、下が55、上が120と出た。下の値が低いと感じたが、自分では普通という捉え方だった。

看護師さんから、悠香の名前が呼ばれた。自分は悠香の代理で薬の処方箋をもらいに来ているだけだけれども、「ハイ」と言って、診察室に入った。

先生が「どうですか」と聞かれたので、「薬の服用は続けていますが、特に症状に変化はありません。引き続き服用を続けるんですね？」と尋ねた。

先生は顔色一つ変えないで「この薬は継続が大事なんです。症状が改善する薬ではなく、進行を遅らせる役割なんです。だから、このまま続けてください。一年後にもう一度MRIの撮影をしますから」

「分かりました。長丁場の付き合いなんですね。今回から六十日分のお薬を出していただけませんか」

「いいですよ。この前もある患者さんが、薬の服用をしばらくやめたらしいのです。そしたら、認知症の症状が悪くなり、ここへ相談にやってきました。薬の継続は頭の中では分かっていても、改善の兆しがなければ、服用をやめたくなる気持ちは分かります。でも続けましょう」と念を押された。

武夫は先生の言われた通り、継続して服用させることにした。悠香には、あえて言わなかった。毎日夕食後に服用する薬は武夫がセットしているので、無用な刺激を与えないように配慮していた。

物忘れや認知症という言葉を、武夫の周囲でも聞くようになってきたが、症状によっては日常生活に支障をきたすことも報告されている。単なる物忘れは、人間を長くやっていると、自然な成り行きとして受け止めることができるが、日常の日課に影響が出るようだと、病気の領域になる。

武夫は物忘れや認知機能の低下がどうして起こるのか、単に長寿社会の現代病として素通りしてしまっていいのだろうか、考え込んだ。

武夫の素人考えの推理では、人間、生まれたときに、すでに固有の記憶容量を持って世に出てきて、例えばそれが平均5ギガだとして、成長過程で記憶容量が6ギガや7ギガへ増えるかもしれない。年を取ってくると、固有の記憶容量が満杯になり、新規なる情報がメモリーされなくなるのかもしれない。

人はよく言うが、昔の事は記憶に残っているが、目先の事柄が覚えきれない。このことが個人の記憶容量を超えたときに生じる、物忘れや、認知機能の低下に繋がるのではないか、と推測して、一人で納得していた。

コンピューターに置き換えてみると、生まれたときは、初期化された状態でメモリーには何も入っていないが、知恵がつくようになると、少しずつ記憶することが増えてきて、メモリーを消費していく。

武夫が戦国時代の夢を見たが、あの時代はまだ書物も少なく、一般民衆が活字を目にすることが少なかった。だから、記憶媒体も結構余裕があり、平均寿命を全うするまでに、物忘れや認知症の症状が表に出てこなかっただけの話だ。

これからは、ＡＩ技術の発達で、人間が持つ記憶容量を超えるような事態になれば、過去の不要と思われる記憶事項を選択して削除することで、記憶媒体に空きが生じて、新たな記憶を受け入れるようになる。

武夫は自分で推理を立てて悦に入っていた。

了

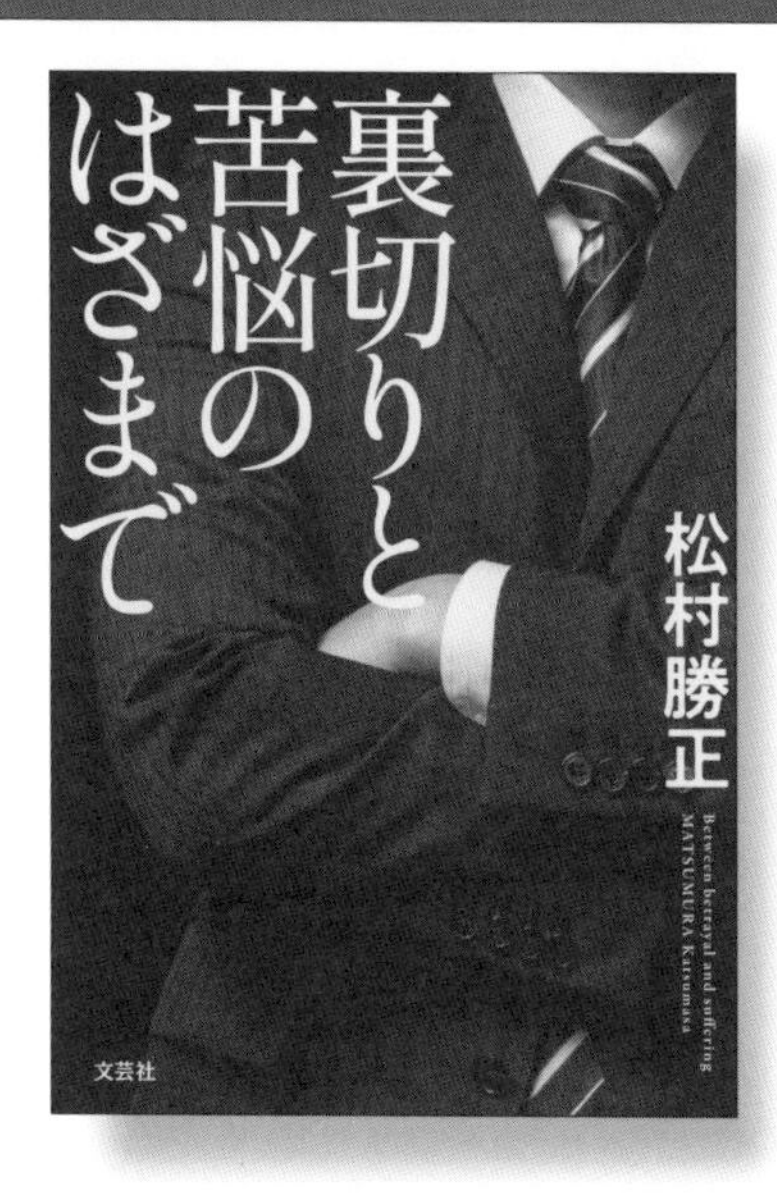

裏切りと苦悩のはざまで

四六判・200頁・定価(本体1200円+税)・2022年
ISBN978-4-286-23305-5

1980 年代のある日本の外資系企業を舞台にした社会派小説。半導体業界の景気変動に揺り動かされながら、世界を相手に調略戦を仕掛ける企業戦士たち。たった一つの判断の違いで、明暗が分かれる厳しいビジネスの世界をリアルに描く。経営者として、一社員として、その家族として、それぞれの立場での葛藤や苦悩、思惑も複雑にからみ合う。自分が下した決断は、天国なのか地獄なのか……。

著者プロフィール
松村 勝正（まつむら かつまさ）

1960年　兵庫県立姫路工業大学附属高等学校卒
1965年　東海大学工学部電子工学科卒
1965年　日刊工業新聞社入社
1967年　英国資本　ドッドウエル社入社
1989年12月　テクノアルファ株式会社設立　代表取締役
2007年10月　ジャスダック株式上場
2013年12月　テクノアルファ株式会社　引退

【刊行書】
2017年12月　小説『沈黙の果実』（文芸社）
2018年６月　小説『夢に日付を入れた男』（文芸社）
2019年３月　小説『睡眠中の夢のアラカルト』（文芸社）
2020年１月　小説『失踪と絆の間で』（幻冬舎）
2020年７月　小説『怨念を抱いて遥かなる大地へ』（文芸社）
2020年11月　小説『揺れ動く女の「打算の行方」』（幻冬舎）
2021年７月　小説『たそがれ時　おまけの人生と生前葬』（文芸社）
2022年１月　小説『裏切りと苦悩のはざまで』（文芸社）
2022年10月　小説『迷いながら揺れ動く女のこころ』（幻冬舎）

物忘れ奮闘記　どうする足軽文左衛門

2024年５月15日　初版第１刷発行

著　者　松村 勝正
発行者　瓜谷 綱延
発行所　株式会社文芸社
〒160-0022　東京都新宿区新宿1－10－1
電話　03-5369-3060（代表）
03-5369-2299（販売）

印刷所　株式会社フクイン

ISBN978-4-286-25347-3